KB071244

아내를 위한 식탁

아내를
위한
식탁

내일은 더 맛있게 차려줄게

토토 지음

청림Life

일러두기

육아휴직 후 아내와 아이를 돌보며 써내려간 1년간의 기록입니다. 브런치에 동명의
제목으로 쓴 글의 일부를 수정하여 더했고, 구성은 시간순이 아닌 에피소드를 중심
으로 배열했습니다.

우습게도 나는,
조리원을 나서면
아내가 멀쩡해질 줄 알았다.

그제야 깨달았다.
내가 보살펴야 하는 건
아이만이 아니라는 걸.
.

.

얼떨결에,
아내의 부엌에 들어갔다.

그해 봄, 아내의 산후조리를 핑계로
식탁에 자주 봄을 차렸다.

모든 음식이 처음이라
번번이 실패하긴 했지만,

뜻대로 되지 않는 육아에 비하면
나름 그럴듯한 음식이 완성되는
부엌일이 퍽 마음에 들었다.

경험해본 바, 집안일과 육아는
사랑만 갖고 하는 게 아니라
몸을 부지런히 움직여야만 한다.

산후조리가 필요한 아내와
세상 모든 것이 처음인 아이,
그리고 갑자기 누나가 된 반려견까지.

한 생명이 태어나는 것만도 엄청난 일이었는데
가족이 되는 것도 결코 만만치 않았다.

그러나 육아와 살림이 아무리 힘들어도
경이로운 순간들이 있다.

그런 순간들을 접할 때면
작은 서랍 같던 내 세계가
한없이 넓어지는 기분이 들었다.

아내의 식탁을 차리며
비로소 알게 된 것들에 관하여
이야기를 시작해보려 한다.

음식에 제철이 있듯,
살림과 육아에도 알맞은 시절이 있기에.

칭찬보다 응원이 필요할
당신에게

아무리 유명한 음식점에 가도 사진 한 번 찍는 법이 없었다. 아내가, 친구들이 음식 사진을 찍으면 내심 빨리 찍기를 기다렸다. 음식은 배불리 먹는 거지 감상하고 공유하는 게 아니라고 여겼다. 그랬던 내가 요리 에세이를 1년째 쓰고 있다. 이게 대체 어찌 된 일인가.

　요리라곤 김치찌개나 파스타밖에 할 줄 모르던 나는 육아휴직 동안 요리 유튜버들의 영상을 보고 복기하고 따라 하며 매일 같이 식탁을 차렸다. 모든 음식이 처음이라 번번이 실패했지만 요리도 하다 보니 늘었다. 단지 맛있는 음식을 만드는 게 목표는 아니었다. 출산 후 산후조리가 필요한 아내에게 도움이 되는 건강한 식단을 짜기 위해 책과 유튜브, 인터넷 기사를 읽으며 집중력을 발휘했다. 하루 한 끼의 식사를 차리기 위해 얼마나 많은 노력이 들어갔는지 모른다. 나는 내가 만든 음식의 사진을 찍지 않을 수 없었다. 도저히 이대로 먹기엔 아까웠다.

평소처럼 식사를 하기 전, 경건한 의식처럼 사진을 찍는 내게 아내는 말했다.

"지금까지 찍은 걸 SNS에 올려보면 어때?"

싸이월드 이후 SNS라곤 해본 적 없던 나는 심드렁한 표정으로 물었다.

"뭣하러?"

아내는 답답한 듯 말했다.

"아깝잖아. 누가 알아. 당신처럼 산후조리 식단을 찾아 헤매는 남편이 있을지."

아내의 말을 듣고 보니 그럴듯했다. 그때 식탁에는 태국식 당근 샐러드와 당근을 잔뜩 넣은 토마토카레가 올라 있었다. 당근은 면역력을 높여주는 베타카로틴을 다량 함유하고 있다. 산후 체력 저하를 극복하는 데 도움이 될 뿐 아니라 모유가 잘 돌게 하는 최유제 채소. 한식에는 당근이 요리의 보조 재료로만 쓰여서 당근을 효과적으로 먹을 수 있는 방법을 유튜브에서 찾아보다가 발견한 것이 각종 당근샐러드였다. 채 썬 당근에 멸치액젓을 넣고 다진 마늘과 파, 고추기름을 얹는 중앙아시아식 당근샐러드도 해봤고, 프랑스에서 먹는다는 당근라페도 요리해봤다.

우리 부부가 제일 좋아하는 방식은 솜땀처럼 먹는 태국식 당근 샐러드였다. 국내 재료를 사용한 태국식 소스에 파파야 대신 당근을 넣어보았는데 생각보다 잘 어울렸다. 피시소스 대신 까나리액젓 2큰술로 당근을 절여놓고, 매실액이나 설탕, 레몬즙, 다진 마늘은 1큰술씩, 다진 땅콩, 다진 토마토, 고수는 취향껏 넣고 버무려줬다. 여기에 가열한 코코넛오일이나 올리브유를 뿌리면 화룡정점이다. 당근에 함유된 베타카로틴과 같은 지용성 비타민은 날것으로 먹는 것보다 기름에 조리하거나 뿌려먹으면 체내 흡수율이 높아지기 때문이다.

이처럼 여러 번의 실험과 실패를 통해 얻게 된 노하우를 서랍 속에 두는 건 아내 말대로 아까운 일이었다. 그녀의 응원에 힘입어 나는 생각을 고쳐먹었다. 내가 요리 유튜버들에게 아무 대가 없이 요리를 배웠던 것처럼 나도 누군가에게 나의 경험과 지식을 전하면 어떨까. 내가 할 수 있는 범위에서 산후조리 식단에 대한 정보를 제공하되, 전문가인 척하지 말아야겠다고 다짐했다. 세상의 모든 요리 블로거들은 자신처럼 하면 된다고 한다. 하지만 나는 나처럼 하면 안 된다며 나의 요리 실패담을 적기로 했다.

완벽과는 상관없어요. 의도가 중요한 거예요.

그게 요리를 완성하죠.

_ 다큐멘터리 〈어글리 딜리셔스〉 중에서

육아와 살림은 아무도 알아주지 않고, 티도 안 난다. 육아휴직 동안 내가 나의 일과를 기록함으로써 내가 나의 노력을 알아주는 건 분명 의미 있는 일이었다. 다만 이 글들은 내가 칭찬받으려고 하거나 자랑하려고 쓴 것이 아님을 확실히 해두고 싶다. 누군가에 겐 나의 이 글과 요리가 상처가 될 수도 있다는 걸 모르지 않는다. 이 사회는 남성 육아휴직을 권하지 않는다. 때론 남성 육아휴직자 는 특혜를 받은 사람처럼 보인다. 자영업자나 프리랜서처럼 직업 특성상 육아휴직을 할 수 없는 경우도 많다. 일을 하면서 동시에 육아를 해내야 하는 분들에게 나의 글과 요리가 사치처럼 보일 수 있음을 이해한다.

내가 남성으로서 받는 혜택에 대해서도 경계한다. 같은 육아휴 직을 해도 남자는 '라테 파파' 소리를 듣지만, 여자는 '맘충'이란 소 리를 듣는다. 세상은 아빠의 육아를 단지 칭찬하려 들지만, 엄마 가 된 여성에겐 '모성애 서사'를 강요하며 가르치려 든다는 걸 곁 에서 보았다. 그것을 때론 참고 때론 벗어나기 위해 몸부림치는 아내의 모습을, 그 표정을 나는 기억한다.

그 과정을 거치며 나는 진심으로 묻고 싶어졌다. 몸도 제대로 추스르지 못한 상태에서 아내(산모)가 혼자 밤낮없이 우는 갓난아 이를 돌보는 게 가능한 일일까. 아내(산모)가 아이를 돌보는 동안 출산으로 극심한 심리적, 신체적 변화를 겪은 아내는 누가 챙겨야 할까. 저출생이 문제라면서 육아의 모든 책임과 짐을 여성에게 혼 자 떠맡기는 이 사회는 과연 온당한 걸까.

이런 생각을 하는 남편들이 존재할 거라 믿으며 나는 꾸준히 글을 썼다. 누군가는 내 글에 응답해줄 거라 믿으며.

'남편이 차리는 산후조리 식단'이라는 소개는 타이틀일 뿐, 실상은 요리 에세이를 빙자한 '기혼 남성이 육아와 요리를 하며 생각한 것들'을 담은 『아내를 위한 식탁』은 그렇게 탄생했다.

차례

미처 아내를 생각하지 못했다
한 생명이 태어나는 것과 가족이 된다는 것

2장 산후조리를 둘러싼 거짓과 오해

아내의 식탁을 차리며 생각한 것들

아이는 저절로 크지 않는다

살림과 육아를 하며 생각한 것들

맛탕(아내)

일러스트레이터이자 동화작가이며, 일러스트 스튜디오 〈포카〉를 꾸리고 있다. 장래희망은 마음이 넉넉하고 미소가 예쁜 할머니로 내가 보기엔 이미 몇 해 전부터 그렇게 살고 있다. 요즘엔 사회가 강요하는 모성을 거절하고 어떤 엄마가 될 것인지 공부 중이다. 고구마와 떡볶이를 사랑하며, 세상으로부터 소외된 모든 것에 따뜻한 눈길을 줄줄 아는 사람이다.

인스타그램 @nariplanet

토토(나)

국제구호개발NGO에서 아이들의 권리를 지키는 아동권리활동가로 일하다가, 내 아이가 태어나며 1년 동안 육아휴직을 했다. 산후조리 식단을 만들며 우연히 요리에 눈을 뜬 이후로 마트에서 냄비와 프라이팬만 보면 발걸음을 멈춘다. 토마토로 만든 음식은 뭐든지 사랑하고, 세상 모든 아이들의 오늘 저녁 접시가 따뜻하길 종종 기원한다.

브런치 @modernpicnic

포카(반려견)

달리기를 좋아하고, 하루 중 집 근처 숲으로 가는 산책 시간을 제일 기다린다. 까만 털과 다부진 체격, 날렵한 꼬리를 가진 중형견이지만 실상은 예민하고 겁이 많다. 최근 마꼬를 만나고 견생 처음으로 큰 풍파를 겪고 있다. 치즈와 브로콜리를 사랑하며, 우리 부부와 몸을 포개고 누워 있는 걸 세상에서 제일 좋아한다(우리 부부도 그렇다).

트위터 @poca_girl

마꼬(아이)

초음파 사진이 마치 꼬마 고구마처럼 보여서 아내가 붙인 태명이다. 가을철 고구마처럼 단단하고 힘이 좋다. 어디 아픈 곳 없이 1년을 보냈다. 모유와 분유를 가리지 않았고, 이유식도 첫날부터 능숙하게 먹었다. 가장 좋아하는 건 구황작물이다. 뭐가 마음에 안 드는지 못마땅하다는 듯 인상을 쓰다가도 엄마 아빠와 포카를 보면 뭐가 재밌는지 말갛게 웃는다. 세상의 모든 동물들에게 반갑게 손 인사를 하는 아이다.

인스타그램 @makoplanet

미처 아내를
생각하지 못했다

한 생명이 태어나는 것과
가족이 된다는 것

얼떨결에
부엌에 들어갔다

소고기미역국

걱정했던 것과 달리 맛탕은 나의 머리끄덩이를 잡지 않았다. 12시간 진통 끝에 아내는 제왕절개로 마꼬를 낳았다. 억울할 법도 한데 아내는 해볼 만큼 해봤으니 됐다며, 마꼬가 건강해서 다행이라고 덤덤히 말했다. 나도 덤덤한 척했지만 내 심장은 말린 콩처럼 쪼그라들었다. 마음 같아선 아내에게 안기고 싶었는데, 내가 안아줘야 하는 상황인 것 같아서 아내를 꼭 안아주었다. 걱정하느라 고생했다며 그녀도 나를 덤덤히 안아주었다.

맛탕과 마꼬가 조리원에서 퇴원하는 날, 나는 무사히 집으로 돌아간다는 사실 하나만으로 가슴이 벅찼다. 세계보건기구에서 코로나19 팬데믹을 선포한 지 얼마 지나지 않았을 때였다. 기대와 걱정으로 달뜬 나와 달리, 두 사람은 평온한 얼굴이었다. 아내는 19일 만의 외출을 반가워했고, 두툼한 겉싸개에 싸인 마꼬는 신기한 듯 바깥 세계를 구경했다.

올해로 반백 살이 된 주택은 늘 웃풍 때문에 쌀쌀한 편이었다. 행여 마꼬가 감기라도 걸릴까 봐, 나는 집의 문과 창문을 몽땅 닫고 보일러를 최대로 올려놓았다. 그런데 너무 과했다. 아이가 지내기 적당한 온도는 20~26도 사이인데, 흡사 가마솥처럼 집이 달궈져 32도가 넘었다. 나는 모든 문을 다시 열어 집 안 온도를 내리느라 생난리를 쳤다. 겨우 실내 온도를 25도로 낮추고 가습기를 틀어 습도를 60으로 맞췄다.

낯선 환경이 불편한지 마꼬는 하염없이 울었다. 울음이 도통 그칠 기색이 보이지 않았다. 조리원에서 배운 대로 기저귀도 갈아주고, 속싸개도 하고, 모유도 먹여봤지만 소용이 없었다. 어르고 달래며 허둥지둥하다 보니 금세 점심시간이었다.

나는 평소처럼 배달음식을 시키려고 앱을 켰다가 멈칫했다. 출산 전만 해도 우리는 자주 배달음식을 먹었다. 의식적으로 집밥을 먹으려고 노력했지만 음식을 하고 치우는 일은 버거웠다. 하지만 산후조리가 필요한 아내에게 차마 자극적인 배달음식을 줄 순 없었다. 그제야 나는 집 청소와 소독에만 신경 썼지, 식사는 전혀 준비하지 않았다는 걸 깨달았다. 나는 얼떨결에 부엌에 들어갔다.

⌐○

일단 냉장고 위 칸에 모셔놓았던(사실은 거의 방치해두었던) 기장미역을 꺼냈다. 왠지 첫 끼니는 미역국을 끓여줘야 할 것 같았다. 전기밥솥에 밥을 안치는 동안 미역을 깨끗이 씻고 찬물에 불려놓았다. 그런데 그다음엔 어떻게 해야 할지 몰라 당황했다. 생각해보니 지금껏 단 한 번도 미역국을 끓여본 적이 없었다. 아내가 차려준 미역국을 먹은 적은 있어도 내가 차려준 적은 없었다는 사실에 스스로 놀랐다.

급하게 유튜브에서 영상을 찾아 요리를 시작했다. 냄비에 참기름을 두르고 해동한 소고기를 볶았다. 고기가 갈색으로 변하면서 눈기 시작할 즈음 물기를 뺀 불린 미역을 넣었다. 비린내를 날리고 식감을 부드럽게 해줄 겸 미역을 한 숨 빠질 정도로 볶은 후, 물을 넉넉히 부었다. 물이 끓기 시작하자 국간장 1큰술로 간을 하고 다진 마늘도 반 큰술 넣어줬다. 그렇게 중불에서 20분 정도 끓이니 그럴듯한 미역국이 완성되었다.

때맞춰 마끼가 잠들었다. 우리는 식탁에 앉아 작당을 꾸미는 사람들처럼 조용히 미역국을 떠먹었다. 맛이 없진 않았다. 그런데 뭔가 국물이 탁했다. 그럼에도 불구하고 맛탕은 미역국을 한 그릇 다 먹었다.

"고마워."

"그동안 안 해줘서 미안해."

결혼한 지 7년이 지났는데 처음 미역국을 끓여주다니. 아내가 임신 중이었던 지난 10개월 동안 나는 대체 뭘 한 걸까 싶었다. 삼십 대 후반의 나이, 지금까지 나름 열심히 살아왔다고 자부하며 살았는데, 이제 보니 내가 퍽이나 한심했다.

잠을 깊이 자지 못해 파리한 아내의 얼굴을 한참 바라보다가, 문득 생각난 것처럼 그릇을 치웠다. 감상에 빠질 시간이 없었다. 아내는 마꼬의 짐을 정리해야 했고, 나는 유치원에 보낸 반려견 포카를 데려와야 했다. 경험해본 바, 육아는 사랑만 갖고 하는 게 아니라 몸을 부지런히 움직여야만 한다.

○ 미역국이 탁했던 이유는 소고기의 핏물을 제거하지 않아서였어요. 뼈가 있는 고기는 물에 담가 핏물을 빼야 하고, 해동한 살코기는 키친타월로 핏물을 제거해야 해요. 그렇지 않으면 고기 내부에 있는 핏물이 빠져나오면서 음식 맛을 해쳐요.

○ 미역은 꼭 찬물에 불리세요. 시간이 없어서 뜨거운 물에 불린 적이 있는데, 도저히 비려서 못 먹겠더라고요.

○ 한국에서 산후조리 할 때 미역국 안 먹은 산모는 없겠죠. 고래도 출산 이후 먹는다는 미역은 아이오딘 성분이 많아 출산 시 잃어버린 혈액을 보충하는 데 도움을 줘요. 자궁 수축과 지혈에 좋고, 칼슘도 풍부해서 뼈를 튼튼하게 해줘요.[1] 소고기 외에도 닭고기, 홍합, 모시조개, 북어, 들깨 등으로 변주해서 미역국을 드시면 덜 물릴 거예요.

포카와 마꼬의
첫 만남

연근들깨샐러드

산후조리원에 있을 당시 맛탕은 포카가 너무 보고 싶어서 울 지경이었다. 한번은 포카를 데리고 병원 앞까지(집에서 25분 거리) 산책을 간 적 있다. 거의 보름 만이었다. 병원 밖에 서 있는 아내를 발견하고 포카는 믿기 어렵다는 듯 반신반의하며 다가갔다. 환자복을 입고 있는 저 사람이 '언니'라는 확신이 서자, 포카는 흥분하며 달리기 시작했다. 어디 갔었냐며 포카는 아내를 몸으로 밀치고 점프까지 해서 얼굴을 핥았다. 원망을 토해내던 울음소리는 환희와 기쁨으로 바뀌었다. 둘은 보고 싶었다며 한참을 서로 끌어안았다.

병원 앞은 재래시장 인파로 가득했으나 그때만큼은 온 세상에 둘밖에 없는 듯 보였다. 지나가던 사람들이 발길을 멈추고 둘의 만남을 흥미로운 눈길로 바라봤다. 그들의 눈에서 사랑과 축복을 읽기란 어려운 일이 아니었다.

20분 즈음 지나 헤어질 시간이 되자 포카는 안 된다며 울었다. 바닥에 몸을 붙인 채 꿈쩍도 하지 않았다. 그 울음소리는 우리 부부가 포카와 5년 동안 살면서 한 번도 들어보지 못했던 울음이었다. 아내도 나도 순간 눈물을 왈칵 쏟았다. 시장 한복판에서 우리는 사연 있는 것처럼 서로 부둥켜안고 울었다.

맛탱이 마꼬의 짐을 정리하는 동안, 나는 유치원에서 포카를 데려왔다. 몸무게 20kg이 넘는 5살의 까만 개. 포카는 몸만 컸지 마음은 여전히 강아지처럼 여렸다. 워낙 겁이 많은 편이라 갑자기 핏덩이 같은 아이가 나타나면 포카가 놀라서 짖을 테고, 그러면 마꼬도 놀랄 테고, 첫 만남부터 파국이 될 게 뻔했다. 일단 마꼬를 집에 데려와 안정시킨 다음, 포카와 조심스럽게 인사시킬 계획이었다.

맛탱은 마당에서 포카를 기다렸다. 아내를 발견한 포카는 지난번처럼 울면서 달려들었다. 격하게 인사를 해도 모자랄 판에 갑자기 포카가 꼬리를 멈췄다. 뭔가 이상하다는 듯 자꾸만 집 안으로 들어가려 했다. 마침 잠에서 깬 마꼬가 울음을 터뜨렸고, 눈이 땡그래진 포카는 우리에게 이 소리를 들었냐면서, 집 안에 침입자가 있다며 울기 시작했다.

첫 단추가 중요했다. 우리는 사회적 거리두기를 하듯 멀찍이서 두 아이를 인사시켰다. 아내는 속싸개와 겉싸개를 한 마꼬를 끌어 안고, 나는 포카의 목줄을 짧게 잡았다. 혹시 모를 안전사고를 대비해 설치한 1.5m의 철제문이 우리 사이를 가로막았다. 그럼에도 우리는 아주 천천히 거리를 좁혀나갔다. 마꼬에겐 너에게 털 누나가 있다고 설명해주고, 포카에겐 너한테 인간 동생이 생겼다고 차분히 말했다. 하지만 마꼬를 처음 본 포카의 눈은 지진이 난 것처럼 격하게 흔들렸다. 앞발로 철제문을 두드리며 포카는 이렇게 말하는 듯했다.

'오빠, 나는 저런 동생 둔 적 없어!'

———○

얼마나 시간이 지났을까. 포카를 진정시키느라 우리는 진이 다 빠졌다. 포카라고 다를 바 없었다. 눈이 퀭한 것이 뭐라도 먹어야 했다. 나는 냉장고에서 포카가 제일 좋아하는 채소인 연근과 브로콜리를 꺼냈다.

우선 연근 껍질에 묻은 흙을 수세미와 칫솔로 깨끗이 제거했다. 브로콜리는 담금물에 거꾸로 담가 먼지가 빠지게 했다. 재료를 손질한 다음, 뜨거운 물에 데치지 않고 찜기를 사용해 알맞게 쪘다. 소스는 들깨 드레싱을 선택했다. 마요네즈 3큰술, 레몬즙 2큰술, 들깻가루 4큰술, 소금과 올리고당은 조금 넣고 잘 섞어줬다. 드레싱을 연근과 브로콜리에 고루 뿌려준 다음, 오로 배출을 돕는다는 잣을 살짝 구워 올렸다. 샐러드이지만 실제론 모두 익힌 채소라서 산모가 먹기에 부담이 없었다.

포카에겐 간을 하지 않은 연근과 브로콜리를 그릇에 담아줬다. 그제야 포카는 마꼬로부터 눈을 떼더니 최애 채소들을 와그작 씹어 삼켰다. 사료까지 다 먹은 포카는 피곤이 몰려왔는지 바닥에 드러누웠다.

나는 포카에게 조용히 다가가 마꼬의 가제 수건을 목에 둘러주었다. 포카는 흥미롭다는 듯 주도면밀하게 마꼬의 냄새를 맡았다. 인간 아이의 포근한 젖비린내가 포카에겐 어떻게 읽힐까. 포카와 마꼬가 서로 안전하게 잘 지낼 수 있을까. 태산 같은 걱정을 한가득 끌어안고 나는 포카를 꼬옥 껴안았다. 한 생명이 태어나는 것도 엄청난 일이었는데, 가족이 되는 것도 결코 만만치가 않다.

○ 채소는 물에 데치는 것보다 찌는 방식이 영양소를 덜 파괴해요. 번거롭
더라도 찜기를 이용해보세요. 연근과 같은 뿌리채소는 껍질에 영양가
가 많다고 해요. 저는 지금껏 그걸 모르고 다 긁어서 버렸는데요. 수세
미나 칫솔로 살살 문지르면 식용이 가능하니까 참고하세요.

○ 『동의보감』에 따르면, 연근은 '성질이 따뜻하고, 맛은 달고, 독이 없다.
피를 토하는 것을 멎게 해주고, 어혈을 풀어준다'고 기록돼 있어요. 비
타민C와 비타민B군이 들어 있어 피로 해소와 각종 염증 완화에 도움
을 줘요. 또한 위벽을 보호해주는 뮤신이 풍부해 속을 편하게 해줄 거
예요.[2]

○ 슈퍼푸드라 불리는 브로콜리는 다량의 비타민과 미네랄을 함유하고
있어요. 비타민C, 베타카로틴, 칼슘, 엽산과 칼륨도 풍부한데요. 특히
비타민C는 레몬의 2배나 함유하고 있어서 두세 송이만 먹어도 일일 섭
취량을 만족할 수 있어요.[3]

미처 아내를
생각하지 못했다

우렁이버섯된장찌개

마음의 준비를 단단히 했기 때문일까. 생각보다 신생아 육아가 순조로웠다. 기저귀 갈기와 속싸개 싸기, 신생아 목욕도 척척 해냈다. 성격이 수더분한지 마꼬는 금방 집에 적응했다. 포카도 처음보단 흥분이 가라앉았다.

한편 맛탕은 날이 갈수록 기운이 없었다. 식사도 제대로 못하고 계속 잠만 잤다. 나는 어떻게 해야 할지 몰라 아내의 퉁퉁 부은 다리를 주무르며 걱정만 했다. 그리고 보면 육아는 나름 준비를 했는데, 아내의 산후조리에 대해선 전혀 생각해본 적 없었다. 당연히 산후조리는 조리원이 해주는 걸로 여겼다. 우습게도 조리원에서 2주를 보내면 아내가 멀쩡해질 줄 알았다.

먹을 거라도 잘 챙겨줘야 하는데 육아 때문에 음식은 뒷전이었다. 미역국은 도저히 물려서 먹고 싶지 않았고, 본가와 처가에서 보내준 반찬도 다 떨어졌다. 주방엔 오직 짜장라면뿐이었다. 한 번 정도는 괜찮겠지 싶어 서둘러 조리하여 아내를 불렀다.

그런데 타이밍이 기막히게 마꼬가 울기 시작했다. 30분간의 모유수유가 끝나니 짜장라면은 우동이 되고 말았다. 심신이 지친 맛탕은 먹는 둥 마는 둥 힘없이 젓가락질을 했다. 그날, 아내는 밤새 속이 더부룩하다며 괴로워했다. 모유수유를 해야 해서 소화제도 먹을 수 없었다.

나를 정신 차리게 한 건 엄마의 호통이었다. 전화로 소식을 들은 엄마는 밀가루나 인스턴트식품처럼 차갑고 맵고 짜고 기름지고 자극적인 음식은 산모가 소화시키기 어렵다고 했다. 엄마는 내게 신신당부했다. 출산을 마친 산모는 산욕기(출산 후 6주)까지 신생아만큼 돌봐줘야 한다고 했다. 산모 스스로 챙길 수 있는 상태가 아니니 누군가가 식사부터 잠자리까지 산모의 모든 걸 살뜰히 챙겨야 한다는 것이었다.

그렇다고 본가와 처가 여건상 아내를 전적으로 돌봐줄 수 있는 사람은 없었다. 코로나로 산후 도우미를 신청하는 것도 주저되었다. 신청한다 해도 비용이 문제였다. 우리 가구엔 큰 부담이었다. 점점 포위망이 좁혀왔다. 모든 경우의 수를 제거하니 핀 조명이 정확히 내 정수리에 떨어졌다. 그제야 나는 깨달았다. 육아휴직 동안 내가 보살펴야 하는 건 아이만이 아니라는 걸.

도무지 잠이 안 왔다. 다른 집안일은 원래 해왔던 거라 익숙했지만 요리만큼은 아내가 전담했던 터라 막막했다. 일단 유튜브를 검색했다. 가끔 요리할 때 참고했던 백종원 님의 '요리비책' 채널을 독파해나갔다. 유튜브의 추천 알고리즘이 작동하며 갖가지 레시피 영상이 봇물처럼 쏟아졌다. 나는 이불속에서 새벽 2시까지 알고리즘의 덫에 갇혀 빠져나오질 못했다. 하지만 웬일인지 미역국 말고 무엇이 산후조리 음식인지는 가르쳐주는 사람이 없었다.

다음 날, 무슨 음식을 해야 할지 결정하지 못한 채 일단 재래시장에 갔다. 그래도 한 가지 기준은 세웠다. 맵거나 짜지 않고, 달지 않고, 자극적이지 않은 절밥 같은 식사를 차려줄 계획이었다. 시장을 한 바퀴 둘러보다가 소쿠리에 담겨 있는 느타리와 새송이버섯을 발견한 순간, 머릿속에서 버섯된장찌개 영상이 자동 재생되었다.

———○

된장찌개는 가장 기본적인 한식인데, 나는 지금까지 맛있게 찌개를 끓여본 적이 없었다. 실패하지 않겠다는 각오로 영상을 무한 반복시켰다. 이번엔 맛있을 수도 있겠다고 느꼈던 건 냄새 때문이었다. 들기름을 두른 냄비에 잘게 썬 버섯을 볶고, 된장까지 함께 볶자 버섯과 된장의 풍미가 증폭했다. 버섯장에 멸치와 다시마로 낸 육수를 붓고 애호박, 풋고추, 다진 마늘, 두부, 파를 넣었다. 간은 국간장 1큰술로 했다. 레시피에 나는 특별히 우렁이를 추가했다. 밀가루로 두 차례 치대가며 깨끗이 씻은 우렁이를 넣고 찌개를 바글바글 끓였다.

출산 전, 맛탕이 요리를 해주면 나는 장난친다며 먹기도 전에 맛있다고 했다. 아내는 엉터리라고 했지만, 아내의 음식은 먹어보지 않아도 맛있단 걸 나는 잘 알고 있었다. 그런데 이제 음식을 차리는 사람이 되니 음식을 먹는 사람의 반응이 너무 궁금한 게 아닌가. 그런 나를 잘 알고 있는 아내는 국물을 먹음과 동시에 맛있다고 말했다. 내가 엉터리라고 하자, 아내는 국물을 다시 한 숟가락 떴다. 그러고는 신중하게 단어를 골라 말했다.

"지금까지의 된장찌개 중에서 가장 된장찌개에 가까워."

그것은 아마도 아내가 할 수 있는 최고의 찬사였다. 그 말이 진심인 걸 증명하듯 아내의 밥그릇이 오랜만에 싹 비워졌다.

○ 들기름은 올리브유와 참기름보다 발연점이 낮아요. 들기름을 센 불에서 가열하면 타면서 발암물질이 나오니 꼭 중약불로 조리하세요.

○ 멸치&다시마 육수를 낼 때는 멸치의 내장을 제거하고 끓여주세요. 안 그러면 육수 맛이 써지거든요. 다시마는 물이 끓어오르고 5분 정도 지났을 때 건져내야 해요. 오래 끓이면 다시마의 미끌거리는 알긴산 성분이 국물을 탁하게 만들어요. 만일 집된장이 조금 쓰거나 텁텁하면 찌개에 설탕을 소량 넣어주세요. 설탕이 맛을 잡아줄 거예요.

○ 산후조리 때는 영양소는 많고 칼로리가 적은 식재료를 고르는 게 중요해요. 우렁이는 칼슘과 철분이 다량 있는 것에 비해 칼로리가 적어서 산모에게 요긴해요.

아내는 돌을 씹어 삼키고
나는 소화제를 씹어 삼켰던

건새우시금치된장국

물론 핑계처럼 들리겠지만, 내가 맛탕의 산후조리를 생각해보지 않았던 건 평소 그녀의 강한 체력 때문이었다. 아내는 두 개의 심장을 가진 것처럼 결코 지치는 법이 없었다. 아무리 술을 먹어도 취하지 않고, 야근에도 끄떡없고, 하물며 운동을 전혀 해본 적 없는데 온몸이 근육이었다.

아내가 나와 전혀 다른 세계의 사람이라고 체감한 건 신혼여행 때였다. 이탈리아 북부에서 시작해 남부를 지나 로마를 종착지로 한 17박 19일 여행 내내 나는 소화불량에 시달렸다. 맛있는 파스타와 피자, 스테이크를 원 없이 먹어 행복했지만 나는 실로 국물이 필요했다. 원체 체력이 달리고 소화기관도 약한 편이라 음식을 조

심해서 먹는 편인데, 차가운 성질의 밀가루 음식만 먹다 보니 컨디
션이 점점 나빠졌다.

반면 맛탕은 아침부터 밤까지 걷고 또 걸으며 철인 3종 경기 같
은 여행 스케줄을 소화했다. 어렵게 온 여행지이니 최대한 많이
돌아다녀야 한다는 게 아내의 여행 철학이었다. 밥 먹을 때 빼곤
앉는 법이 없었다. 카페에 들어가도 에스프레소를 가볍게 마신 후
또 다음 행선지를 향해 걸었다. 나도 걷는 걸 좋아하는 편인데, 아
내를 만나고 나선 어디 가서 걷는 걸 좋아한다고 말하지 않게 되
었다.

연애를 3년 반 하면서 서로를 잘 알고 있다고 생각했는데, 아내
가 이 정도로 체력이 좋은 줄은 몰랐다. 결국 아내를 따라 강행군
을 지속하던 나는 탈이 나고 말았다. 때는 겨울에서 봄으로 넘어가
는 환절기라 감기까지 겹쳐 된통 고생했다. 실로 국물이 절실했
다. 차가운 비가 오던 날, 피렌체에 있는 중국집에서 짬뽕을 먹으
며 속을 달랬다. 그런 나를 아내는 안쓰러워했지만 이해하진 못했
다. 국제 축구심판이었던 장인어른의 피를 이어받은 아내는 평생
감기를 모르고 살았다. 하물며 소화불량이 웬 말이냐. 돌도 삼킬
기세로 걸어 다니는 아내와 달리 나는 연신 소화제를 씹어 삼켰다.

한창때 얼마나 대단했는지 절절히 체감했기에 맛탕이 임신 중
에 소화불량을 겪었을 때 나는 적잖이 충격을 받았다. 그런데 아
내는 다른 의미에서 충격을 받은 듯했다. 소화불량을 처음 겪어본

아내는 세상에 이런 고통이 있는 줄 몰랐다고 고백했다. 직접 경험해보니 얼마나 답답하고 불편한지 잘 알겠다며 그제야 나의 고초를 이해해주었다. 그래서 기뻐해야 할진 모르겠지만, 어찌 됐건 아내에게도 이제 속을 달래줄 따끈한 국물이 필요했다.

━○

기력이 쇠한 산모에겐 되도록 따뜻한 음식을 주어야 한다. 나는 반찬을 냉장고에서 미리 꺼내고, 채소는 데치거나 쪄서 차가운 기운을 뺐다. 면역력이 떨어진 상태라 몸을 덥힐 수 있는 국물이 가장 좋은데, 아내는 평소 국을 즐겨 먹지 않았다. 그나마 좋아하는 몇 가지 국물요리 중 하나가 건새우를 넣은 시금치된장국이었다.

산후조리에 좋은 재료로 유명한 시금치는 내게도 반가운 채소다. 맛탕은 늘 시금치에 열광했다. 이탈리아 음식점에선 시금치파스타를, 인도 음식점에선 시금치커리를 골랐다. 시금치나물 외엔 몰랐던 나도 덕분에 시금치를 즐겨 먹게 됐다.

시금치된장국의 육수는 멸치와 다시마로 냈다. 건새우는 혹시 모를 비린내를 잡기 위해 팬에 살짝 볶았다. 일반 된장국엔 된장만 사용하지만 시금치된장국엔 고추장 반 큰술을 넣어 붉은색을 살렸다. 건새우가 붉으니 색이 자연스럽고, 달달한 맛도 함께 올라간다. 국물의 향을 위해 국간장을 1큰술 넣어주고 간을 보니 딱 맞았다. 다진 마늘과 풋고추, 파를 넣고 마지막으로 물에 데친 시금치를 넣어주면 완성이다.

맛탕이 종종 해줬던 음식이라 나도 비교적 쉽게 따라 했다. 부드러운 시금치와 새우의 달콤하고 고소한 맛이 된장국과 어우러져 자꾸만 끌렸다.

"근데 왜 두부 안 넣었어?"

"두부 넣지 말래. 시금치랑 두부는 궁합이 안 좋대. 몸에 돌 생긴대."

"나는 지금까지 두부 넣어서 끓였잖아."

"응. 그러니까. 왜 그랬어."

아내는 시치미를 떼며 된장국을 비웠다. 건강한 사람이 아프면 지독히도 앓게 된다던데, 시금치된장국은 늘 맛있다는 아내를 보며 나는 조금 마음이 놓였다.

저처럼 하면 곤란해져요!

○ 저는 지금껏 멋모르고 시금치를 바로 요리에 사용했어요. 그런데 시금
치에는 식물성 독즙인 수산이 있어요. 많이 먹으면 신장결석이 생길 수
도 있는데, 하루에 500g 이상 먹지 않으면(엄청 많이 먹는 양이에요) 걱정
하지 않아도 돼요. 하지만 신경 쓰이는 분들은 수산이 빠져나오도록 끓
는 물에 데쳐서 드세요. 한 가지 더 노파심에 말씀드리면, 시금치된장
국에는 두부를 넣는 게 아니래요. 수산이 나오는 시금치와 칼슘이 풍부
한 두부는 궁합이 좋지 않다고 해요. 이 둘이 만나면 불용성의 수산칼
슘이 생성돼 칼슘 섭취를 방해하고 결석이 생기기도 하거든요.

아내를 위한 식재료, 좀 더 알아봐요!

○ 미역만큼이나 중요한 산후조리 식재료가 시금치예요. 싸고 쉽게 구할
수 있고, 3대 영양소뿐 아니라 비타민과 무기질을 다량 함유한 완전 영
양식품이에요.[4] 시금치는 비타민C, 베타카로틴 등의 영양소를 함유하
고 있어 지친 산모의 몸을 회복하는 데 효과가 좋아요. 칼슘과 철분도
풍부해 산후조리에도 제격이에요. 또한 시금치엔 엽산이 많아서 임신
중에 자주 즐겨 먹었는데요. 모체의 경우 엽산이 부족하면 유선의 발달
을 방해한다고 하니[5] 모유수유 할 때도 시금치를 즐겨 드셔 보세요.

1장. 미처 아내를 생각하지 못했다

아이는 예쁜데
육아는 지옥이네

달걀국

마꼬는 3시간, 때론 2시간 간격으로 배고프다며 울었다. 낮이고 밤이고 가릴 것 없었다. 아직 낮과 밤을 모르기 때문에 마꼬는 본능에 충실하게 행동했다. 다행스러운 일이었다. 신생아에게 그만큼 건강하단 신호는 없으니까.

마꼬는 모유와 분유를 모두 잘 먹었다. 맛탕이 제왕절개 수술을 하며 마꼬는 모유보다 분유를 먼저 접했다. 다음 날부터 맛탕이 모유를 먹이기 시작했는데, 모유가 부족하면 분유로 보충하는 식으로 혼합수유를 했다. 1개월 차의 마꼬는 공평하게 엄마의 모유를, 아빠의 분유를 먹으며 쑥쑥 컸다. 반면 우리 부부는 피곤에 찌들어갔다. 절대적으로 잠이 부족했다. 특히 모유수유를 결심한 아내는 수시로 마꼬에게 젖을 물리느라 선잠을 잤다. 수유 초기라서 젖도 잘 돌지 않았는데, 그때마다 아이는 신경질적으로 울었다. 때론 꺼이꺼이 목 놓아 울다가 사레가 들려 기침을 하면서도 당최 울음을 그치지 않았다.

서러웠던 걸까. 세상에 나온 것도 낯선데, 이젠 배고프다고 울어야 밥을 주니. 것도 배불리 주지도 않으니 얼마나 서러울까. 하지만 아이가 안쓰러운 것과 별개로 잠이 쏟아졌다. 아이는 너무 예쁜데, 육아는 그야말로 지옥이었다. 아이에게 틀어준 자장가 동요가 자꾸만 우리를 먼저 재웠다.

잠시 눈 붙이고 일어나면 창문 너머로 어스름이 졌다. 또 밥할 시간이었다. 아내가 아이 밥을 챙기듯 나는 아내의 밥을 챙겨야 했다. 아침은 시리얼, 점심은 간단하게 밥과 김치만 먹었더니 하루 종일 허기가 졌다. 모유수유 하는 아내를 위해서라도 저녁은 든든하게 먹이고 싶었는데, 마침 고기도 두부도 떨어졌다. 주방을 뒤져보니 달걀 몇 개와 감자뿐. 깊게 생각할 것도 없이 나는 냄비에 물을 받았다.

이럴 땐 달걀국만 한 게 없다. 나는 진심으로 달걀국을 발명한 사람을 존경한다. 단언컨대 이보다 쉽고 빨리 할 수 있는 국물요리는 없을 거다. 호불호도 거의 없다. 어른, 아이 할 것 없이 좋아하고, 들어간 재료에 비해 포만감도 높다. 달걀국은 육아휴직 동안 요리를 전담하게 된 나를 위급 상황 때마다 구해줬다. 은혜를 입었다고 해도 과언이 아니다.

달걀국은 레시피가 정말 단순하다. 멸치&다시마 육수에 감자를 썰어넣고, 감자가 포슬포슬하니 잘 익으면 새우젓 반 큰술로 간을 한다. 다진 마늘과 풋고추, 파를 썰어넣은 다음, 마지막 순간에 냄비에 원을 그리듯 달걀물을 휘휘 넣어주면 완성이다. 이때 가스레인지의 불을 꺼서 잔열로 달걀을 익히는 게 포인트다. 숟가락이나 국자로 젓지 않아도 달걀이 서서히 익으며 보들보들한 식감으로 변한다.

마꼬가 울다 지쳐 눈을 붙인 사이, 우리는 달걀국을 들고 마셨다. 하루 종일 아이를 달래느라 기력이 쇠한 상태에서 속 시원한 국을 한 사발 마시니 몸이 노곤한 게 눈이 저절로 감겼다. 별 재료가 들어가지 않았는데 신기하게도 달걀국은 역시나 맛있었다. 새우젓으로 간을 하니 짜지 않고 간간하니 적당했다. 포슬포슬한 감자와 보드라운 달걀을 밥에 비벼 먹거나, 숟가락으로 밥을 한술 떠서 국에 적셔 먹었다. 이번에도 노란 달걀국은 지친 우리를 구해줬다.

배가 차니 그제야 정신이 들었다. 마꼬를 씻기려고 속싸개를 열었는데 탯줄이 끊어져 있었다. 보통 조리원에서 탯줄이 떨어진다던데, 마꼬의 탯줄은 어찌나 튼튼하던지 태어난 지 한 달이 가까워서야 안녕을 고했다.

“신기해.”

“응. 그거 버리지 말고 나 줘.”

“뭣하러?”

“나중에 보여주게.”

아내는 자신의 배 속에서 나온 탯줄을 작은 상자에 보관했다. 굳이 저런 걸 챙기는가 싶다가도 나중에 마꼬가 신기해할 것 같긴 했다.

육아가 아무리 힘들어도 경이로운 순간들이 있다. 이런 순간들을 접할 때면 작은 서랍 같던 내 세계가 한없이 넓어지는 기분이 들었다. 아이가 마냥 천사는 아닌 것처럼 육아도 마냥 지옥은 아니다.

나는 탯줄이 떨어진 배꼽 부위를 소독한 다음, 마꼬를 꺼안고 둥실둥실 춤을 췄다. 우리는 마꼬가 세상에 태어난 걸 한 번 더 축하했다.

○ 육수에 달걀을 넣을 때는 꼭 노른자와 흰자를 풀어서 넣어주세요. 냄비
  에 달걀을 넣고 휘저으면 달걀이 금방 익어버려서 보들보들하지 않고
  딱딱해지더라고요.

○ 출산 후 산모의 몸은 근육과 인대, 힘줄, 뼈 등의 조직이 많이 약해진
  상태인데요. 단백질이 풍부한 달걀이 회복하는 데 도움을 줘요. 달걀
  에는 비타민, 무기질, 특히 아연이 많이 들어 있어 자양강장 작용을 한
  답니다.[6]

육아에 지친 건
우리만이 아니었다

북엇국

육아에 지친 건 우리 부부만이 아니었다. 포카는 한 달 사이에 부쩍 수척해졌다. 밤사이 뜬눈으로 마꼬를 지키느라 낮엔 기절했다. 사람의 시선으로 포카를 해석하는 게 아니다. 일례로 예전엔 산책을 다녀오면 꼬리를 흔들며 맛탕에게 갔는데 지금은 아기 침대로 뛰어간다. 요즘 포카에겐 마꼬의 안녕이 최고 관심사다.

만일 마꼬가 너무 잠자코 자고 있으면 조용히 다가가 숨을 쉬는지 확인했고, 마꼬가 잠에서 깨서 혼자 울고 있으면 우리를 찾아와 닦달하듯 작금의 사태를 알렸다.

'언니 오빠, 도대체 뭐 하는 거야? 아이가 울잖아!'

포카의 이런 반응에 내가 얼마나 기뻤는지 모른다. 주변에 임신 사실을 알리면 몇몇 사람이 축하와 함께 이런 말을 했기 때문이다.

"그러면 포카는…?"

말줄임표가 어떤 의미인지 그들의 표정이 말해주고 있었다. 그들 딴에는 아이를 위한다고 하는 말이었겠지만, 나는 속상했다. 사람이 동물보다 중요하다는 생각, 사람에게 해를 끼치거나 곤란한 상황이 되면 동물을 치워도 된다는 사고방식이 눈에 선했다. 되묻고 싶었다. 세상의 어느 부모가 둘째가 태어난다고 첫째를 버리겠는가.

물론 그들의 걱정이 무언지 나도 안다. 나 역시 걱정됐다. 다수의 반려견 훈련사들은 조언한다. 한 공간에 신생아와 반려견 단둘이 둬선 안 된다고. 포카를 못 믿어서가 아니다. 포카를 사랑하는 것과 이건 별개의 문제다. 혹시 모를 최악의 상황을 준비하지 않고, 안일하게 모든 게 잘될 거라고 생각할 순 없었다. 아이의 안전에 도박을 거는 건 어리석은 일이다.

언젠가 한번 육아를 하며 지켜야 할 원칙에 대해 맛탕과 상의한 적 있었다. 우리는 무엇보다 포카와 마꼬의 신체적, 심리적 안전을 꼽았다. 누구도 다쳐선 안 된다. 누구도 소외되어선 안 된다. 이두 가지를 지키기 위해 우리가 무엇을 해야 할지 고민했다.

첫 번째는 주 양육자의 교체였다. 포카의 주 양육자였던 맛탕이 예전처럼 포카를 돌보는 건 어려웠다. 만삭일 때도 그렇고, 산후조리가 필요한 산욕기에도 아내가 포카와 산책하기 위해 외출하는 건 무리였다. 출산예정일 3개월 전부터 나는 포카의 주 양육자가 되었다.

두 번째는 포카와 마꼬가 서로에게 적응하기 위한 최적의 조건을 만드는 것이었다. 마꼬의 육아로 포카가 소외되어선 안 되었다. 포카에겐 전과 다름없는 돌봄과 심리적 안정이 필요했다. 아무리 육아로 바빠도 하루 두 번, 40분에서 1시간 동안의 산책을 그대로 유지해야 했다. 그래야만 스트레스를 덜 받고, 마음의 여유가 생겨 동생을 너그러이 받아들일 수 있을 것 같았다. 하지만 아내 혼자선 아이 돌보기도 벅찰 것이었다. 고민 끝에 출산과 동시에 내가 육아휴직을 하기로 결정했다. 육아휴직을 한 여러 이유 중 가장 첫 번째는 포카를 지키기 위해서였다.

진심이 통한 걸까. 아주 천천히, 조금씩이나마 포카와 마꼬의 관계가 나아졌다. 저 작고 시끄러운 생명체가 무엇인지 정확히 모르겠지만, 포카는 한 달이 되지 않아 확실히 마꼬를 가족 구성원으로 받아들인 듯했다. 한번은 울지 말라고 포카가 마꼬의 입술을 핥았다. 세균이 옮을까 봐 나와 맛탕도 마꼬에게 뽀뽀를 하지 못했는데, 포카에게 첫 뽀뽀를 빼앗기고 말았다. 나는 놀라서 마꼬의 입술을 닦아주고, 내가 대신 포카와 뽀뽀했다.

⚬

포카가 기특하고 안쓰러워 북엇국을 끓였다. 강아지 몸보신에 제일 좋다는 북엇국은 단백질이 풍부하고 따뜻한 성질을 갖고 있어 과로해서 피곤하거나 몸이 허한 경우 좋다고 한다. 사람에게도 마찬가지로 효과가 있다. 피로 해소에 도움을 줘서 산모가 먹어도 좋다.

마른 북어포를 미지근한 물에 20~30분 이상 담가 짠 기운을 뺐다. 참기름에 북어포를 달달 볶다가 쌀뜨물과 무를 넣고 끓이면 되는데, 여기까지 만든 건 간이 없기 때문에 포카에게 줄 수 있다. 국간장 한 숟가락으로 풍미를 내주고, 진짜 간은 새우젓으로 했다. 간을 하는 목적도 있지만 새우젓을 넣어주면 감칠맛을 낼 수 있어서 국물에 깊이가 생긴다. 고추와 파, 다진 마늘로 국물의 비릿함을 잡아주고, 휘휘 푼 달걀을 원을 그리며 국물에 넣어주면 북엇국 완성이다.

나와 아내도 맛있게 먹었지만 포카는 국물까지 다 먹고도 그릇을 몇 번이나 싹싹 핥았다.

"그리 좋아?"

포카는 더 달라는 듯 그릇을 또 핥았다. 나는 내일 줄 것까지 몽땅 줬다. 내일 또 끓여주면 되니까.

○ 물에 불린 북어포는 기름에 볶기 전에 꼭 물기를 쫙 빼야 해요. 물기를 빼지 않고 볶으면 북어가 퍼석해져요. 국물도 뽀얗게 되지 않고요. 뽀얗고 고소한 국물을 드시고 싶다면, 북어포의 물기를 쫙 빼고 북어포를 달달 볶으셔요.

○ 쌀뜨물은 쌀을 씻을 때 나오는 물을 뜻하는데요. 맨 처음 쌀을 씻은 물에는 먼지가 많아 식용에 부적합해요. 두 번째 혹은 세 번째 씻은 물로 사용하시길 권해요.

○ 명태를 바닷바람에 말려 만든 북어는 단백질이 풍부한 고단백 저칼로리 식품이에요. 북어는 산모에게 필요한 칼슘과 철분이 많고, 비타민A, B1, B2도 다량 함유하여 피부 미용과 피로 해소에 도움을 줘요.[7] 간을 보호해주는 메티오닌과 같은 아미노산 성분도 풍부해 몸 안에 쌓인 독을 분해하는 데 도움을 준다고 해요. 그래서 술 마신 다음 날은 북엇국이 최고인가 봐요.

○ 무는 아밀라아제를 다량 함유해 소화를 돕고 위장을 튼튼하게 해주는 천연 소화제예요. 베타카로틴과 비타민C도 있어서 피부에도 좋고 면역력에도 좋아요.[8] 북엇국, 소고기뭇국, 오징어뭇국, 된장찌개 등에 넣어 먹으면 영양소뿐 아니라 소화를 도와줄 거예요.

비난도 칭찬도
받고 싶지 않아요

버섯들깨순두부

맛탕은 임신 전에 입었던 청바지를 입어보려 시도했다가 화를 냈다. 그래도 얼마 지나지 않아 신나 하며 다른 옷을 입었다. 출산 후 혼자 하는 첫 외출이라 한껏 들떴다. 저리 꾸미고 가는 곳이 고작 산부인과라는 게 안쓰러웠지만.

　마꼬는 내가 보고 있을 테니 바로 오지 말고 콧바람 좀 쐬고 오라고 했다. 아내는 잠시 나를 빤히 쳐다보다가 말했다. 매번 나와 산부인과에 같이 갔는데 이제 혼자 가게 돼서 아쉽다고 했다. 나도 섭섭했다. 정확히는 시원섭섭했다. 산부인과에 가면 느꼈던 불편함을 더는 겪지 않아도 되니 후련했다.

　일이 바쁘다는 핑계로 태담이나 태교를 못해준 못난 아빠였지만, 산전검사 일정만큼은 꼬박꼬박 맞춰서 휴가를 냈다. 초음파로 마꼬를 보는 게 매번 설레었다. 마꼬가 잘 지내는지 보고 싶은 마음만큼 걱정하는 마음이 컸다. 사실 마꼬는 우리 부부의 계획에 없던 아이였기 때문이다.

아무 준비 없이 30대 후반에 아이가 덜컥 생기니 겁부터 더럭 났다. 보통 아이를 갖기 전에 엽산과 보충제를 먹던데, 우리는 준비 없이 아이를 갖게 되어 혹시 하는 마음이 있었다. 겉으론 표현 안 해도 아내가 불안해하는 게 느껴졌다. 나는 무슨 수를 써서라도(숱한 야근의 밤이 생각난다) 산부인과에 함께 갔다. 상상만 해도 싫었다. 의사로부터 아이의 이상 징후를 듣는 만일의 경우에, 아내 혼자 있게 하고 싶지 않았다. 그 순간을 결코 아내 홀로 감당해선 안 된다고 생각했다.

임신과 출산 과정에서 남자는 딱히 역할이 없다. 하는 게 없으니 방관하고 결국 육아에서도 자연스레 멀어진다. 나 역시 바쁘다는 핑계로 임신 기간 동안 아내와 배 속 아이에게 무언가를 해준 기억이 없다. 그래서 적어도 출산부터는 육아휴직을 내서 나의 위치를 확고히 하고 싶었다. 아내가 우리 부부를 대표해 아이를 낳는 고통을 겪는 거니, 그 고통을 덜어줄 수 있는 방법이 있거나 필요한 게 있다면 보호자로서 뭐든 하겠다고 마음먹었다.

하지만 우리가 선택했던 산부인과의 의료진은 보호자로서 나의 기대와 의지를 꺾었다. 가족 병동을 선택했음에도 출산 대기 동안 보호자는 병실 밖으로 나가 있으라는 말을 들었다. 내가 밖에 나가 있는 동안 의사나 간호사는 아이 상태를 확인하는 내진을 했다. 나는 보호자로서 상황을 지켜보고 싶었으나 내가 있어야 할 장소는 매번 병원 복도였다. 가족 병동에서 내진하는 걸 지켜봐선 안 되는 의학적인 이유가 있다면 설명해주길 바랐지만 그럴 여유는 없었다.

12시간 진통 끝에 제왕절개 수술을 결정하고도 마찬가지였다. 나는 아내 곁을 지키고 싶었지만 의사는 이 병원에선 보호자 출입이 어렵다며 또 나가 있으라 했다. 출산 이후에도 마찬가지였다. 병실에 누워 있는 아내를 돌보다가 의료진이 오면 나는 나가야 했다. 수술 부위를 소독하는 것뿐인데 내가 왜 나가야 하는지 이해할 수 없었다. 소독을 하기 위해 환자복을 잠시 벗기 때문일까. 만일 친정 엄마나 언니가 곁에 있어도 나가 있으라고 했을까. 그렇게 생각하니 명료해졌다.

의료진은 나를 아내의 '보호자'가 아닌 '남편'으로 대우하는 듯했다. 그들은 '남편'에겐 탯줄을 자르는 역할 외엔 아무 의무도 책임도 부여하지 않았다.

내가 겪은 임신과 출산의 과정 동안 '남편'은 자연스레 배제됐다. 하지만 의료진을 탓할 일은 아니었다. 아마도 지금까지 '남편'들이 초래한, 혹은 조장한 출산문화 때문일 것이다. 출산 장면을 보면 아내와 잠자리를 할 수 없다는 이야기를 심심찮게 하는 세상인데, 어찌 의료진을 탓하랴.

분위기가 이리 조성되어 있으니 나처럼 보호자 '행세'를 하려는 남편이 나타나면 유난 떤다는 이야기를 듣는다. 마찬가지로 아내와 함께 매번 산전검사를 받으러 가면 칭찬을 받기도 한다. 그 누구도 매번 떨리는 마음으로 병원을 찾는 임산부를 칭찬해주지 않는데, 왜 남편은 칭찬받는 걸까. 나는 의료진에게 유난 떤다는 이야기를 듣거나 칭찬을 받고 싶은 마음이 추호도 없었다. 그저 아내와 아이의 보호자로서 해야 할 일을 하고 싶었을 뿐이었다.

맛탕도 마꼬도 건강하고 무탈해서 다행이었지만 나는 무대가 끝난 뒤 풍선처럼 한껏 맥이 빠졌다. 당시엔 아내가 몸이 많이 안 좋고 정신이 없어서 이런 내 기분을 말할 기회가 없었다. 최근에 와서야 속 얘기를 꺼내자 아내는 주의 깊게 들어주었다.

"그래. 같은 병실에 있던 환자 엄마랑 자매에겐 간호사가 와도 나가라고 안 했어."

"응. 나만 맨날 복도로 나가래."

"그런 적도 있잖아. 출산할 때, 나한테 동의도 구하지 않고 촉진제 놓으려고 했잖아."

"내가 이게 뭐냐고 물어보니까 그때야 설명해줬잖아."

"그러니까! 안 물어봤으면 그냥 놓았을걸."

우리는 오랜만에 죽이 맞아서 병원 뒷담을 실컷 했다. 아내의 격양된 눈빛과 격한 호응에 엉겨 있던 마음이 조금씩 풀어졌다. 그러고 보면 임신과 출산 기간 동안 아내만이 나를 '남편', '남성', '아빠'라는 프레임에 가두지 않고 '보호자'로서 노력하는 내 모습을 온전히 존중해줬던 것 같다.

정말로 콧바람을 제대로 쐬고 온 건지 맛탕의 얼굴에 한결 생기
가 돌았다. 아내는 진료 결과가 대체로 좋다며 기뻐했다. 모든 검
사 결과가 정상이며, 부기도 체중도 많이 줄었고, 수술 자국도 잘
아물고 있다고 했다. 시험 성적표를 받아든 것처럼 나도 기뻤다.
나름 산후조리를 돕는 입장이었기에 아내의 원활한 회복은 기다
리던 희소식이었다.

하지만 다른 이유로 나는 아내를 몹시 기다렸다. 아내가 외출한
사이 아빠와 처음으로 단 둘이 있게 된 마꼬가 몸을 심히 비틀며
연신 울었기 때문이다. 나는 마꼬가 너무 울어서 혼이 쏙 빠졌다.
'보호자'고 '남편'이고 뭐든 간에 아내에게 빨리 집에 오라고 얼마
나 전화하고 싶었는지 모른다. 아직 여흥이 남은 아내에게 이제
다시 육아의 세계로 돌아오라는 듯 나는 마꼬를 안겨주고 바닥에
드러누웠다.

$$\hspace{2cm}\rule{1cm}{0.4pt}\!\!\circ$$

아내가 마꼬에게 젖을 물려주는 동안 나는 거우 일어나 부엌으
로 향했다. 뭘 차리기 힘든 날에는 순두부가 제격이었다. 강원도
여행에서 초당순두부를 맛본 이후로 우리는 종종 마트에 있는 시
판용 순두부를 사다 먹었다. 이미 조리가 다 된 상태라 라면처럼
끓이기만 하면 된다.

보통 파를 자박자박 넣은 간장을 둘러 먹기도 하는데, 우리는 버섯과 들깨를 넣어 맑게 먹는 걸 좋아한다. 냄비에 들기름을 살짝 두르고 키친타월로 닦은 버섯을 잘게 다져서 볶아줬다. 버섯은 아무 종류나 상관없이 많이 넣으면 맛있는데, 의외로 팽이버섯이 들어가면 식감이 재미있다. 여기에 순두부와 국물을 넣은 다음 간은 새우젓으로 한다. 마지막으로 풋고추와 파, 들깻가루를 넣고 한소끔 끓이면 완성이다.

모유수유를 마치고 기력이 딸린 맛탕은 고소하고 담백한 순두부를 보약처럼 떠서 먹었다. 아내는 진료 결과를 다시 얘기하며 내게 고맙다고 말했다. 아직 예전만큼 몸을 사용할 수 있는 건 아니지만, 내가 잘 챙겨준 덕분에 빠르게 회복할 수 있었다고 했다.

"다시 한 번 말해봐."

"뭘?"

"아니. 1절만 하지 말고 더 칭찬 좀 해봐."

난 괜히 생색을 냈다. 다른 사람들에겐 칭찬받기 위해 행동하지 않으나, 아내에게만큼은 매일 칭찬을 받고 싶었다. 어쩌면 이 요리들은 모두 아내에게 칭찬받고 싶어서 했던 것일지도 모른다. 아내는 어이없어하면서도 식사 내내 나를 더 칭찬했다. 나는 그녀에게 순두부 한 그릇을 더 떠주었다.

○ 보통의 순두부는 간수를 응고제로 사용하는 반면, 초당순두부는 간수가 아닌 깨끗한 바닷물을 사용해 쓴맛이 없고 깔끔한 것이 특징이에요. 포장된 물을 사용해도 맛이 괜찮고요. 멸치&다시마 육수를 사용해서 드셔도 좋아요.

○ 저는 지금까지 버섯을 물에 담가서 씻었는데요. 그러면 버섯 특유의 향이 사라지고 버섯이 물을 흡수해 퍼석해져요. 버섯은 농약을 치지 않기 때문에 키친타월로 닦거나 흐르는 물에 살짝 씻어서 드세요.

○ '밭에서 나는 쇠고기'라 불리는 콩으로 만든 두부는 단백질이 풍부하기로 유명한데요. 콩은 다량의 단백질을 함유하고 있으나 소화율이 50~70%에 불과한 반면, 두부는 소화율이 95%나 돼요. 뿐만 아니라 두부는 놀랍게도 칼슘이 많은 편이에요. 식물성 여성호르몬인 이소플라본이 풍부해 여성에게 도움을 주기도 하고요.[9] 순두부는 두부보다 칼로리가 적고, 질감이 부드러워 산모가 소화하기 쉬운 영양식품이에요.

○ 들깨와 깻잎은 유독 한국에서만 소비되는데, 한국인 입장에서 보면 복받은 거라고 해요. 들깨에는 각종 미네랄이 들어 있어 천연 영양제나 다름없기 때문인데요.[10] 들깨는 비타민E와 칼슘이 풍부해 산후 피로해소를 도와줘요. 뿐만 아니라 식물인데도 오메가3를 함유하고 칼슘, 철분, 마그네슘 등 다양한 무기질을 갖고 있으니, 각종 요리에 뿌려 드셔보세요.

엄마, 제발 집에
오지 마세요

해신탕과 닭죽

삼칠일까지 외부인 출입을 금하는 문화는 예전부터 있었지만 가족까지 출입을 금하는 건 역사상 처음 있는 일일 것이다. 코로나로 출산의 풍경도 바뀌었다. 병원과 조리원에선 보호자 1인 외 출입 및 면회를 제한했다(어느 곳은 보호자 1인마저 출입을 금했다).

코로나 이후 바이러스에 대한 방역 강도는 더 높아질 것이다. 그러므로 가족이 모두 모여 출산을 축하해주는 풍경은 이제 없다. 옛말이다. 아이의 안부는 사진으로 보여주고, 정 보고 싶으면 화상통화를 해야 한다. 하지만 말이 쉽지, 가족 입장에선 간단하지 않다. 특히 엄마는 사회의 급작스런 변화를 받아들이기까지 시간이 필요했다. 나는 엄마에게 간곡히 부탁했다. 손주가 보고 싶어도 절대로 오시면 안 된다고. 엄마는 머리로는 알고 있지만 마음이 뜻대로 안 되는 모양이었다. 매일 손주가 보고 싶고 아른거려서 애가 닳았다.

조리원에서 퇴원하면 코로나가 잠잠해질 줄 알았는데 정부에선 사회적 거리두기를 더 강화했다. 손주가 집에 가는 날만 벼르고 있던 엄마는 어쩔 줄 몰라 하며 울상을 지었다. 피해를 입힐 수도 있다는 이성적 사고와 그럼에도 불구하고 손자를 봐야겠다는 비이성적 사고가 하루에도 몇 번씩 치고받고 싸우는 듯했다. 급기야 엄마는 스스로 자가격리를 하여 코로나로부터 자신은 안전하다는 걸 내게 보여주고자 했다. 그것은 일종의 시위였다. 자신의 결백(?)을 주장하는 엄마를 보고 있는 것도 참으로 괴로운 일이었다. 그럼에도 불구하고 나는 말했다.

"엄마, 제발 지금은 집에 오시면 안 돼요."

매정하게 말하는 나를 엄마는 야속해했지만, 나는 죄송하다면서도 한 치도 양보하지 않았다.

엄마와 매일 실랑이를 벌이다 엄마의 눈물겨운 투쟁에 마음이 돌아선 나는 앞으로 딱 10일만 더 지켜보자 했다. 엄마는 받아들일 수 없다며 저항했지만, 얼마 지나지 않아 하릴없이 제안을 수락했다. 손주를 위해서 참겠다면서 인내하고 또 인내했다.

드디어 그날이 도래했다. 바리바리 짐을 싸들고 엄마가 집에 전격 방문했다. 오랜만에 만난 엄마는 인사를 하는 둥 마는 둥 하고는 본인이 준비한 손소독제로 1차 방역을, 화장실로 직행하여 비누로 손을 닦아 2차 방역을 실시했다. 그러고는 직접 준비한 소독약을 꺼내 외투를 소독하며 마지막 방역까지 완료했다. 이제 괜찮으니 마스크를 벗으시라 했는데도 엄마는 끝끝내 마스크를 벗지 않았다. 한술 더 떠서 아버지는 차를 끌고 엄마와 함께 왔는데도 불구하고 아들 집에 들어오지 않겠다고 밖에서 버티시다가 멀찍이서 손주 얼굴만 보고 가셨다.

소독약으로 목욕재계를 마친 엄마에게 마꼬를 처음으로 안겨드렸다. 엄마는 유리 공예품을 안듯 조심스럽게 아이를 안았다. 눈을 마주치고 이름을 부르고 자신이 할머니라고 소개했다. 마스크 너머로 엄마의 웃음이 보였다.

"그렇게 좋으세요?"

"말로 다 안 돼."

신기하게 마꼬도 평안해하며 엄마 품 안에서 잠이 들었다. 아이를 침대에 눕히고도 엄마는 한동안 눈을 떼지 못했다. 그렇게 좋을까 싶으면서도 그리도 좋아하시는 모습이 보기 좋았다. 감사했다. 저런 따뜻한 눈빛으로 어린 나를 바라보셨겠구나 싶었다.

—◦

한바탕 잔치 같던 첫 만남을 마치고 엄마는 겨우 발걸음을 돌렸다. 엄마가 싸주신 짐을 풀자 요술 보따리처럼 반찬과 봄나물이 끝없이 쏟아져나왔다. 고생한 며느리에게 먹이고 싶어서 처음 해보셨다는 해신탕도 있었다.

해신탕을 끓여 식탁을 차렸다. 봄이면 꼭 먹는 돌나물과 두릅도 챙겨주서서 초고추장을 만들어 곁들였다. 토종닭과 낙지, 전복이 들어간 해신탕은 구수하고 시원한 맛이 일품이었다. 무엇보다 훌륭한 것은 맛의 밸런스였다. 닭과 낙지와 전복이 따로 겉돌지 않고 조화로웠다. 어느 하나 특출하지 않게 고루 맛있었다. 살을 모두 발라먹고 국물까지 깔끔하게 먹은 아내의 모습을 엄마는 꼭 보고 싶었을 것이리라. 음식을 하는 사람의 마음은 그런 거니까. 대신해 내가 아내를 두 눈에 담았다.

○ 해신탕을 먹고 남은 육수로 닭죽을 끓여 먹었어요. 닭죽을 끓일 땐 불린 쌀을 사용하세요. 저는 시간이 없어서 30분만 불렸더니 쌀이 육수를 몽땅 흡수해서 나중엔 물기 하나 없는 리소토처럼 되고 말았어요. 이럴 땐 당황하지 말고 물을 계속 추가해주세요. 시간을 줄이려면 믹서에 쌀과 물을 함께 넣고 갈아도 좋아요.

○ 중국에선 출산 후 국물이 있는 닭 요리를 먹는다고 해요. 임산부는 단백질과 필수 지방산을 많이 필요로 하는데, 닭고기는 다른 육류에 비해 단백질 함유량이 높고 소화가 잘 되는 편이어서 임산부에게 괜찮은 영양식이에요. 하지만 모든 동물성 식품은 몸을 산화시키는 활성산소를 만들어내기 때문에 항산화 효과가 있는 채소(푸른 잎채소, 토마토, 브로콜리, 양배추와 같은 십자화과 식물)와 함께 드시는 게 좋겠어요.[11]

만우절과 산후우울증
그리고 첫 가족사진

딸기주물럭

만우절을 챙길 정신은 없었나 보다. 글을 쓰는 지금에야 이 날이 만우절이었던 것을 깨달았다. 알았다고 해도 우리 부부가 만우절에 장난을 걸진 않았을 거다. 평소 우리는 서로에게 장난을 하지 않는 편이다. 겉으로 봐선 둘 다 별로 말도 없고 사진도 안 찍고 뭔 재미로 사는가 싶지만, 우리끼리는 지난 9년 동안 나름 꽁냥거리며 즐겁게 살아왔다. 그래서 아내의 산후우울증에 대해 걱정해본 적이 없었다.

내가 육아휴직을 내고 공동육아를 하면 모든 게 괜찮을 거라 낙관했다. 그런데 생각보다 신생아 육아가 체력적으로 힘들었다. 밤낮으로 모유수유를 하니 체력 좋은 맛탱도 녁다운 되고 말았다.

밖에서 햇볕을 쬐며 잠시라도 쉬면 기분이 풀릴 텐데, 코로나 때문에 자유롭게 돌아다니지도 못할뿐더러 아직 바람이 차가웠다. 하루도 종일토록 집에만 있으니 마음도 축축 처졌다.

마꼬 탄생 한 달을 기념하는 차원에서 맛탕에게 오늘은 잠시라도 밖에 나가보자고 했다. 피곤해서 눈이 감겨 있던 아내는 갑자기 눈을 반짝였다.

"어디 갈 건데?"

우리는 옷을 단정히 차려입고 집 마당에 나왔다. 아직 마꼬가 한 달밖에 안 된 꼬꼬마라서 멀리 가지 않기로 했다. 우리에겐 이 좁고 작은 마당으로 나가는 게 별 거 아니지만, 마꼬에겐 달에 내딛는 첫걸음처럼 느껴졌을 테다.

마꼬와의 외출을 기념하기 위해 첫 가족사진도 찍었다. 포카는 유아차에 들어간 마꼬가 걱정돼 계속 안절부절못했고, 마꼬는 가림막 때문에 얼굴이 전혀 보이지 않았다. 나는 맛탕이 너무 힘들어 보이기에 피곤해 보인다고 말했다가 한소리를 들었다. 피곤하니 피곤해 보이는 게 정상이라면서 '외모 평가' 하지 말라고 했다. 맞는 말이었다. 맞는 말이었는데, 너무 맞는 말이어서 내가 꽁해졌다. 게다가 사진 찍을 때마다 바람이 불어 전설의 락스타처럼 머리가 산발이 되었다. 이런 엄한 분위기 속에서 사진 몇 장을 겨우 찍었다. 어쩜 첫 가족사진이 이리도 아름다운지(물론 거짓말이다), 과연 만우절다운 사진이었다.

저녁으로 두릅을 이용한 요리를 했다. 두릅차돌박이볶음과 두릅낫또간장파스타를 차렸다. 하지만 단연 오늘의 메인은 딸기주물럭이었다. 딸기를 좋아하는 맛탕이 제주도 사람들은 딸기를 주물럭으로 해 먹는다고 했다. 내가 돼지주물럭을 연상한 걸 알아채고, 아내는 그런 게 아니라며 SNS에 있는 사진을 보여줬다. 겉보기에 딸기라떼 같기도, 딸기셰이크 같기도 했는데 레시피가 정말 간단했다.

우선 딸기 꼭지를 따고 딸기를 깨끗이 세척한다. 볼에 딸기를 담고 위생장갑을 낀 손으로 열심히 주무른다. 흥건해진 딸기물에 설탕이나 시럽 등을 넣고 우유와 잘 섞으면 완성이다. 나는 산모에게 줄 거라 설탕 대신 꿀을 넣었다.

봄이 제철인 딸기는 임산부에게 필요한 엽산이 있어서 임신 중에 꼭 필요한 과일이다. 엽산 결핍은 유선의 발달을 방해하기도 하니, 딸기는 모유수유에도 도움을 준다. 또한 비타민C가 레몬의 2배가량 많아 피로 해소와 면역력에 좋으며, 섬유질도 풍부하여 변비 예방에도 효과적이다.

무엇보다 딸기의 제일 좋은 효능은 기분이 좋아지는 것이 아닐까. 딸기의 새콤달콤함에 우유의 고소함까지 더해져 우리가 익히 아는 딸기우유 맛이 났다. 맛탕도 기분 좋게 딸기주물럭을 마셨다.

"첫 가족사진인데 마꼬 얼굴이 안 보여."

"포카는 궁둥이만 보이고."

"나는 머리가 산발이고."

"나는 왜 도대체 살이 안 빠지는 거야."

우린 엉망진창인 첫 가족사진을 보다가 누가 먼저랄 것도 없이 까무룩 잠이 들었다. 인생에서 가장 피곤하고 행복한 시기를 맞이한 가족이 사진 안에 있었다.

○ 본래 딸기주물럭에는 설탕을 엄청 넣더라고요. 물론 그래야 맛있죠. 하지만 모유수유 중에는 모유가 찐득해지고 유선을 막을 수 있어서 단것을 먹는 건 좋지 않아요.

○ 딸기처럼 껍질을 제거하지 않고 통째로 먹는 과일은 그만큼 세척을 신경 써야 할 텐데요. 잘 알려진 베이킹파우더나 식초, 소금으로 씻는 것이 물로 씻는 것과 별반 차이가 없다고 해요. 제일 좋은 방법은 흐르는 물이 아닌 담금물에 2분가량 담가두었다가 2~3회 흔들어 씻고 마지막으로 흐르는 물에 세척하는 것이라고 해요.[12]

○ 산후우울증에 도움을 주는 주요 물질은 세로토닌, 트립토판, 오메가3인데요. 오메가3는 흔히 등 푸른 생선인 연어와 고등어에 있는 걸로 알려져 있어요. 그런데 식물성 식품에도 오메가3가 존재해요. 들깨와 들기름, 잣, 호두와 콩, 호박씨뿐 아니라 푸른 잎채소, 브로콜리를 통해서도 섭취가 가능해요. 세로토닌과 트립토판이 함유된 식재료로는 콩, 견과류, 우유, 바나나가 대표적인데요.[13] 다만 우유의 경우는 하버드 공중보건대학원에서 권장식품이 아닌 제한식품으로 분류했어요.[14] 우유를 통해 섭취할 수 있는 좋은 영양보다 나쁜 영향이 많기 때문이니, 가급적 적게 드시는 게 좋겠어요.

우리는 우리가
기특했다

치킨과 맥주

주사 맞는 것에도 소질이 있다면 마꼬는 특출한 편이다. 출생 후 19일, 마꼬는 첫 예방접종 주사를 눈물 한 방울 흘리지 않고 쿨하게 맞았다. 출생 후 한 달이 지나서 맞는 두 번째 예방접종도 그랬다. 처음엔 깜짝 놀라 울더니 이내 무슨 일 있었냐는 듯 눈물을 뚝 그쳤다. 우리 부부야 마꼬가 처음이니까 모든 갓난아이가 그런 줄 알았는데 모두 그런 건 아니란다. 용감하게 주사를 맞은 마꼬가 어찌나 예쁘고 자랑스럽던지, 별 걸 다 자랑스러워하는 내 모습을 보고 내가 아빠가 되긴 됐구나 싶었다.

소아과 진료 결과, 마꼬는 태열로 인한 여드름 외에는 건강하다고 했다. 병원에서의 기억이 좋게 남도록 소아과 복도에서 마꼬를 계속 칭찬했다. 그리고 주사에 대한 이상반응이 없는지 30분간 확인하고 우리는 귀가했다.

집에서 차로 5분 거리의 병원을 다녀왔을 뿐인데 왜 이리도 피곤하던지 정신을 차릴 수가 없었다. 코로나 때문에 너무 긴장했던 탓일까. 마꼬와 첫 외출한다고 너무 호들갑을 떨었던 걸까. 도저히 음식을 차릴 엄두가 나지 않아서 점심은 샌드위치를, 저녁은 치킨을 주문했다.

마꼬를 재운 후, 맛탕과 치킨을 뜯다가 말고 나는 거의 달려가듯 냉장고로 향했다. 냉장고 맨 아래 칸에 블랑1664 맥주 한 캔이 있었다. 출산 두 달 전, 아내의 친구들이 놀러와서 밤새 술을 마시고 유리 구두처럼 남겨두고 간 맥주였다.

블랑1664는 고고한 자태를 뽐내며 나를 반겼다. 내가 새벽 수유를 분유로 하는 조건으로 맛탕도 맥주를 나눠 마시기로 했다. 떨리는 손으로 캔을 따서 유리컵에 맥주를 나란히 따랐다. 평소에 그리 즐겨 먹던 맥주도 아니었는데 이날따라 왜 이리 향기롭고 달콤하던지, 목구멍을 간질이며 넘어가는 맥주 한 모금에 마치 새 생명을 얻은 느낌이었다. 작년에 나는 간간히 술을 마셨지만 아내는 10개월 만의 알코올이었다. 10개월 만에 먹는 맥주 맛이 궁금해서 물어보려다 말았다. 아내의 표정이 이미 모든 걸 말해주고 있었다.

산후조리원을 퇴원하고 우리 부부끼리 육아를 한 지 한 달, 서툴고 허둥댔지만 무탈하게 보낸 것만으로 우리는 스스로를 격려하고 축하했다. 초보 엄마 아빠에게 키워지느라(?) 고생하는 마꼬도 기특했다. 우리는 우리가 기특했다.

○ 단 음식과 트랜스지방이 많은 음식을 과다 섭취하면 모유를 통해 아이에게도 전달돼요. 그만큼 아이의 체지방 비율이 높아질 수 있는데요. 치킨의 트랜스지방이 걱정됐지만 인생의 재미를 위해 먹었어요. 육아할 때, 이런 재미라도 있어야죠(당연히 저희처럼 하면 곤란해져요)!

○ 육아 퇴근하고 술 한잔 못 하면 그게 뭔 재미예요. 수유모여도 퇴근 후엔 괜찮아요. 물론 엄마가 먹은 알코올의 5%가 모유로 아이에게 전달될 수 있으니 조심하셔야 해요. 술을 먹고 시간이 지나 몸 안에서 알코올이 분해된 이후엔 모유수유를 해도 문제없는데요. 예를 들어, 맥주 350g이면 2~3시간 이후엔 괜찮아요.[15] 밤중 수유, 새벽 수유를 꼬박하는 산모 분들은 아이가 통잠 잘 때까진 참으셔야겠지만요.

알맞은 시절

도다리쑥국

산책길에 핀 꽃들처럼 집 근처 재래시장에도 좌판마다 봄나물이 깔렸다. 혹독한 겨울을 견디고 새싹을 틔운 봄나물은 유독 향긋하고 생생했다. 때는 4월의 한가운데를 통과하고 있었다.

꽃봉오리처럼 웅크려 엄마 배 속에서 겨울을 보낸 마꼬도 눈에 띄게 성장했다. 엄마의 젖을 빠는 데 온 힘을 바치고 20분이 지나면 고꾸라져 잠이 들었다. 먹고 자고 먹고 자며 일주일에 400g씩 체중이 늘었다. 하루하루 못하던 동작을 해내기도 했다. 신비롭다는 듯 흑백 모빌에 눈을 맞추고 힘차게 팔과 다리를 꼬물거렸다. 신생아의 젖비린내가 옅어지며 아이 특유의 순한 분 향이 꽃 내음처럼 일었다. 그 향내가 꼭 봄을 닮아 마꼬를 품에 안고 있으면 봄

꽃 속을 거니는 기분이었다.

올해는 맛탕의 산후조리를 핑계로 식탁에 자주 봄을 차렸다. 달래장을 해서 구운 김을 찍어 먹고, 잘 다듬은 냉이는 알리오올리오에 넣어 먹었다. 두릅은 데쳐서 초고추장에 먹고, 샐러드로 해먹은 돌나물도 별미였다. 가장 인상적이었던 건 쑥이었다. 어렸을 땐 별 감흥이 없었는데 어느샌가 쑥 향이 좋아졌다. 쑥이 오래전부터 동서양을 막론하고 여자들의 부인병을 예방하는 데 쓰였다는 얘기를 들은 이후론 더 부지런히 아내에게 쑥을 먹였다. 주로 전을 부쳐 먹거나 구수하게 된장을 넣고 끓여 쑥국을 해 먹었는데, 쑥을 이용해 꼭 해보고 싶은 요리가 있었다.

20대 중반에 홀로 통영에 여행 가서 맛보았던 도다리쑥국을 나는 한동안 잊지 못했다. 구수한 된장국에 쫄깃하고 부드러운 도다리 한 마리를 통째로 넣고 어린 쑥으로 향을 낸 도다리쑥국은 봄이 아니면 먹을 수 없는 제철 별미였다. 하지만 서울에선 파는 곳을 찾기 어려워 입맛만 다시다가 우연히 한 음식점을 알게 되었다. 을지로에 있는 통영 향토음식점인 '충무집'에선 봄 한철 동안 도다리쑥국을 팔았다. 연애 시절, 맛탕의 생일 때 처음 충무집에서 도다리쑥국을 먹은 우리는 매년 봄이 온 걸 축하하듯 그곳에 갔다.

하지만 포카를 입양하고 나서부턴 가지 못했다. 아직 어린 강아지를 집에 두고 멀리 외식을 갈 수 없었다. 포카가 크면 가야지 했던 것이 몇 년이 흘렀다. 사람 마음이란 게 참 기묘해서 한번 발길을 멈추면 다시 길을 내는 게 어려워진다. 가족도 친구도 심지어 언제든 열려 있는 식당조차 마음의 길이 끊기니 다시 만날 수 없었다. 그게 너무 당혹스러워 때론 서글프기도 하지만 별 수 없다. 시절이 가버린 것이다.

'제철'의 뜻은 알맞은 시절이다. 알맞은 시절에 태어난 과일과 채소, 생선은 그래서 약이 되나 보다. 아이가 태어난 해이기도 하니 올해는 끊긴 길을 새로이 내고 싶었다. 봄이 우수수 꽃을 떨어뜨리기 전에 나는 아내에게 도다리쑥국을 선물처럼 요리해주고 싶었다.

⚬——○

비늘이 제거된 싱싱한 도다리를 사와서 꼬리와 지느러미를 가위로 잘라 손질했다. 담금물에서 씻은 뒤 도다리의 물기를 제거했다. 쑥과 파, 풋고추도 씻고 다듬었다. 육수는 가장 기본인 멸치와 다시마를 사용했다. 충분히 우러난 육수에 된장을 1큰술 정도 조금 슴슴하게 풀었다. 색이 까매지지 않도록 국간장은 1작은술만 넣고 싱거우면 소금 간을 할 계획이었다. 다진 마늘까지 1큰술 풀어주고 나선 손질한 도다리를 넣었다.

이제 본격적으로 끓이기만 하면 되는데, 시계를 확인한 나는 그만 급하게 불을 껐다. 늦고 말았다. 맛탕이 시킨 심부름을 하러 갈 시간이었다. 당근마켓에 올라온 역류방지 쿠션을 사오라는 심부름이었다. 마꼬가 요즘 젖을 먹고 토하는 경우가 많아서 꼭 필요한 육아템이었다.

동네에서 쿠션을 받아온 후, 다시 냄비에 불을 켜고 국물 맛을 보았다. 그런데 너무 비린 게 아닌가. 생선 특유의 비린 맛이 국물에 깊게 배어 있었다. 맛술과 후추, 풋고추, 파, 쑥으로 비린 맛을 잡아보려 했으나 역부족이었다. 당황한 나머지 쑥을 제대로 안 익혔더니 쑥은 쑥대로 질겨졌다. 향긋한 쑥과 담백하고 쫄깃한 도다리를 기대했는데, 생선 비린내와 퍼석한 도다리뿐이었다. 요리의 요소 하나하나가 정확히 망하고 말았다.

나는 괜히 애꿎은 쑥만 젓가락으로 휘저었다. 우려와 달리 맛탕은 제법 부지런하게 도다리쑥국을 먹었다. 생선 살을 모두 발랐고 질긴 쑥도 끊어가며 먹었다. 누가 먼저랄 것 없이 우린 충무집 이야기를 꺼냈다. 무슨 이야기를 하다가 그랬는지 모르겠는데, 그릇을 치울 때 즈음 아내가 충격적인 고백을 했다. 자신은 도다리쑥국을 좋아한 적이 없었다고 말했다.

"나는 어렸을 때부터 물에 빠뜨린 생선 요리는 별로였어."

나는 정신을 차릴 수가 없었다.

"아니, 그럼 지금까지 맛탕 생일에 왜 도다리쑥국을 먹으러 간 거야?"

아내는 별 일 아니라는 듯 말했다.

"토토가 좋아하니까."

나는 아내의 매력에 더 정신을 차릴 수가 없었다.

"토토도 내가 좋아하는 거 먹으러 많이 갔잖아."

"응, 그렇지. 그땐 데이트하면 무조건 소곱창 아니면 떡볶이였지."

　"그래. 나도 그런 거였어. 먹다 보니 이젠 괜찮아졌어."

　세상사가 알맞은 시절이 따로 있는 줄 알았는데, 알고 보니 사람 노력이었네. 상대가 좋아하는 걸 좋아해보겠다고 언제나 겁 없이 따라나섰던 20대의 우리가 떠올라 잠시 흐뭇해졌다. 포카를 키우면서 풀밭과 숲을 좋아하게 된 것처럼 우리는 앞으로 마꼬와 어떤 걸 좋아하게 될까. 아이가 좋아하는 걸 좋아해보겠다고 겁 없이 따라나설 우리의 모습이 상상돼 나는 실없이 웃고 말았다.

○ 원래 도다리는 비린내가 별로 안 나는 생선이에요. 저는 도다리를 넣고 팔팔 끓이지 않는 바람에 도다리의 육즙이 식어버린 된장국으로 빠져 나와서 생선 특유의 비릿한 맛이 나고 말았는데요. 부디 여러분은 한소끔 팔팔 끓여서 드세요!

○ 쑥 특유의 향은 시네올이란 성분 때문이에요. 시네올은 산모의 자궁 수축과 생리통 완화에 특효라고 해요. 비타민과 미네랄이 풍부하여 피로 해소와 면역력 증강에도 도움을 준다고 하니[16] 봄날의 쑥을 꼭 챙겨 드세요.

2장

산후조리를 둘러싼
거짓과 오해

아내의 식탁을 차리며 생각한 것들

미역국, 네가 아니어도
우린 잘 살 거야

시금치페스토파스타

산후조리 식단을 준비하며 가장 걸림돌은 아이러니하게도 미역국이었다. 조리원에서부터 산모는 미역국을 먹기 시작한다. 짧게는 삼칠일(생후 21일) 혹은 산욕기(출산 후 6주)까지. 모유수유를 하는 경우엔 6개월, 길게는 1년을 먹는다. 엽산, 철분, 칼슘과 아이오딘, 각종 미네랄이 풍부한 미역국은 영양의 보고다. 산모의 회복과 모유수유 면에서 오랜 세월 인증 받은 완벽한 음식임에 틀림없다.

문제는 우리 부부가 미역국을 얼마 먹기도 전에 질려버렸다는 거다. 아내의 임신 소식을 듣고 본가에서 보내온 1m 길이의 장승처럼 크고 기다란 기장미역 다섯 줄기를 볼 때마다 나는 절로 눈앞이 깜깜해졌다. 어디 놓을 공간이 없어 냉장고 위에 가로로 올려

두었는데 냉장고 문을 열 때마다 가슴이 턱턱 막혔다. 우리가 5년
을 먹어도 다 못 먹을 양임이 확실했다.

비단 우리만의 문제는 아닐 거다. 한국인의 식생활은 한식뿐 아
니라 중식, 일식, 양식 등 다양해졌는데 왜 산후조리 식단은 미역
국에서 벗어나지 못하는 걸까. 우리 몸은 결코 단순하지 않다. 미
역이 아무리 좋아도 특정 영양소만으로 건강해질 수 없다. 하루
세 끼 미역국만 먹으면 아이오딘 과다 섭취로 영양 불균형이 올 수
있다.

무엇보다 하루 세 끼, 하루 세 번의 즐거움을 미역국으로만 채우
고 싶진 않았다. 음식 섭취는 즐거워야 하고, 다양하게 먹는 게 산
모의 영양에도 좋다. 산모에게 꼭 필요한 영양소인 칼슘, 철분, 비
타민, 단백질과 섬유소를 제공하려는 목적으로 나는 아내의 산후
조리 식단을 짰다. 채소의 경우 뿌리, 줄기, 잎, 열매로 나눠 고루
섭취할 수 있도록 했다. 단백질은 동물성 단백질과 식물성 단백질
로 나눠 고기는 즐길 정도로만 먹고 콩, 두부, 견과류로 할 수 있는
요리를 공부했다. 이렇게 쓰고 보니 굉장히 거창해 보이지만 그때
의 마음가짐은 겨우 이 정도였다.

'미역국, 네가 아니어도 우린 잘 먹고 잘 살 거야.'

나의 가장 든든한 산후조리 동지는 시금치였다. 엽산, 철분, 칼
슘, 단백질 함량이 높아 시금치는 산후조리 재료로 으뜸이다. 바
다엔 미역, 땅엔 시금치가 있다고 해도 과언이 아니다. 그런데 내

가 할 줄 아는 시금치 요리라곤 시금치버터볶음과 건새우시금치
된장국밖에 없었다. 그것도 한두 번이어야지, 매일 그것만 먹을
수 없으니 난감했다.

유튜브를 검색하던 중, 우연히 바질이 아닌 시금치로도 페스토
를 만들 수 있단 사실을 알게 됐다. 무엇보다 페스토의 재료인 잣
은 산모의 자궁 출혈을 막아주고 미역처럼 오로 배출에 효과가 있
다는 사실이 마음에 들었다. 마치 계시처럼 때마침 맛탕이 밥이
물린다며 파스타가 먹고 싶다고 했다.

⟜◯

페스토를 만드는 방법은 의외로 간단했다. 우선 시금치를 뜨거
운 물에 데쳤다가 차가운 물에 헹궈 식물성 독즙인 수산을 제거했
다. 잣과 아몬드는 비린 맛을 날리고 고소함을 배가시키기 위해
기름을 두르지 않은 팬에 살짝 구웠다. 양파와 마늘은 믹서에 잘
갈리도록 작게 손질하면 재료 준비 끝이다. 이제 믹서에 시금치를
비롯한 양파, 마늘, 잣과 아몬드, 그라나파다노 치즈가루를 넣고
마지막으로 올리브유를 한 컵 정도 부어준 다음에 갈면 완성이다.

믹서에 간 페스토를 한번 맛보았는데, 이상했다. 내가 만들었는
데 맛있었다. 잣과 아몬드의 고소함, 양파와 마늘의 알싸함, 치즈
의 감칠맛과 올리브유를 시금치가 모두 품어주는 느낌이었다.

생애 첫 페스토의 성공으로 자신감이 붙은 나는 바로 파스타 면
과 소스를 준비했다. 뜨거운 물에 소금을 반 스푼 넣고 면을 끓였

다. 면이 익는 사이 팬에 올리브오일을 두르고 편마늘과 페페론치
노를 넣어 기본 바탕을 만들었다.

면의 알덴테가 10분 기준이라면 8분만 삶고 오일이 있는 팬에
면을 옮겨주었다. 면과 오일, 물이 충분히 섞여 유화된 것 같으면
시금치페스토를 넣고 나무젓가락을 뱅뱅 돌려 면이 초록 빛깔
로 물들 수 있도록 했다. 마지막으로 취향에 따라 버터 한 덩이와
치즈를 뿌려주면 완성이다.

안방에서 마꼬를 재우기 위해 안간힘을 쓰던 맛탕은 내내 불안
해했다. 부엌에서 평소 들을 수 없었던 소리가 들려왔기 때문이
다. 흡사 전쟁통처럼 부서지고 망가지는 소리에 마꼬가 그만 잠에
서 깨고 말았다.

"뭐해?"

격양된 얼굴로 아내는 마꼬를 안고 부엌에 들어왔다. 뭔가 심상
치 않았는지 포카도 흥분하여 따라 들어왔다. 아내는 정체를 알
수 없는 초록색 파스타를 발견했다. 당혹스러워하는 아내의 표정
을 읽고 나는 변명하듯 이건 시금치페스토파스타라고 설명했다.
그러자 이번엔 아내가 놀라는 표정을 지었고, 맛을 보고는 믿기
어려울 정도로 더 놀라워했다.

저처럼 하면 곤란해져요!

○ 물 위에 오일이 둥둥 떠 있는 오일파스타는 아무도 원치 않을 거예요.
그러기 위해선 소금간이 된 면수를 소스에 넣고 나서 나무젓가락으로
열심히 저어주셔야 해요. 오일과 물은 가만히 두면 섞이지 않거든요.
만일 밀가루의 글루텐이 걱정되는 분은 현미로 만든 파스타 면을 사용
해보세요.

아내를 위한 식재료, 좀 더 알아봐요!

○ 올리브유는 필수 지방산인 올레산이 풍부해 콜레스테롤 배출을 돕고,
혈액 순환에 도움을 줘요. 간의 해독 작용과 변비에도 효과적인데요.
장내 환경을 좋게 하려면 식이섬유뿐 아니라 필수 지방산이 있어야 하
는데, 올리브유가 도움을 준다고 하네요.[17] 다만 올리브유도 기름이기
때문에 많이 먹는 건 좋지 않아요. 발연점이 낮아서 튀김 요리에는 적
절하지 않고요. 산패되기 쉬우니 적은 양을 구매해서 빠른 시일 안에
드셔야 해요. 구매 시엔 영양소가 가장 덜 파괴된 엑스트라 버진을 이
용해보세요.

400여 년 전 한 사내의
실수 때문에

맷돌호박수프

핼러윈이 있는 나라에 사는 것도 아니고, 살아생전 맷돌호박을 손질할 거라곤 생각해본 적 없었다. 엄마 때문이다. 아니, 엄마 덕분이다. 엄마는 서른 후반의 나를 요리왕 비룡으로 키울 생각인지 매주 화요일마다 집에 들러 각종 식재료를 한 보따리 두고 떠났다. 냉이와 달래, 돌나물, 두릅, 죽순처럼 봄날의 새순 채소를 주실 때도 있고, 더덕과 도라지, 민들레처럼 약재 같은 채소도 있었다. 단백질이 풍부한 흰 살 생선과 소고기, 콩도 종류별로 준비해오셨다. 별다른 설명 없이 갖다주셔서 별다른 생각 없이 요리해 먹었지만, 나중에 검색해보니 엄마가 주신 식자재는 모두 산모의 회복에 효능 있는 것들이었다.

엄마가 평소 『동의보감』을 보시는 건지 모르겠지만, 덕분에 맛탕의 몸 상태는 많이 회복되었다. 직접 효과를 보게 되니 일찍이 엄마가 주셨던 맷돌호박에 자연스레 눈길이 갔다. 이게 뭐냐며 질색하던 나를 무시하고 엄마는 비단 보따리를 맡기듯 맷돌호박을 나의 주방에 입성시켰다. 다른 것들은 시도라도 해보았지만 맷돌호박은 도저히 엄두가 나지 않아서 싱크대 구석에 밀어넣고 옛 애인처럼 한동안 잊고 지냈다. 가슴속 돌덩어리처럼 나를 자꾸만 묵직하게 짓누르던 맷돌호박이 점점 눈에 밟히기 시작했다. 맷돌호박을 꺼낼 때가 되었음을 직감했다.

그런데 맷돌호박으로 요리를 하려고 검색해보니 익히 알려진 것과 달리 산후에 먹는 호박이 부기를 빼는 데 효과가 없다는 이야기가 있었다. 부기를 빼주는 데 도움이 되는 광물성 약재인 '호박(琥珀)'과 이름이 같아서 사람들이 오해한 것이라고 한다. 조선시대 신만이 쓴 『주촌신방』에 '호박고' 처방에 대해 기술한 것이 있는데, 신만이 '남과(pumpkin)'라고 써야 할 것을 '호박(amber)'이라고 쓰는 바람에 이 오류가 오늘날까지도 잘못 전해져 내려왔다는 것이다.[18]

나는 이 사실을 조금만 빨리 알았다면 어땠을까 싶었다. 그랬다면 산후에 부기 뺀다고 아내에게 호박즙을 먹이지 않았을 텐데 말이다. 그리고 지금 부엌에서 난장판을 벌이며 호박을 손질하지 않았을 텐데. 너무 속상했지만 다시 무를 수도 없으니, 기왕 이렇게 된 거 좋게 생각하기로 했다. 부기 제거에 효과가 있든 없든, 맷돌호박 자체가 몸에 나쁜 채소는 아니다. 기왕 호박을 손질한 거 요리해봐야겠다고 마음먹었다.

—○

우선 맷돌호박을 듬성듬성 잘라 전기밥솥에 넣고 쪘다. 그동안 당근과 양파 각각 1개, 마늘 2알을 손질했다. 어차피 갈아버릴 거니 예쁘게 썰 필요 없이 듬성듬성 썰었다.

냄비에 올리브유를 두르고 향신채인 마늘과 양파를 먼저 볶았다. 채소에서 수분이 잘 나올 수 있도록 소금 간을 살짝 하고, 양파가 투명해지면 당근도 넣고 볶았다. 전기밥솥에 찐 호박이 다 익으면 냄비에 함께 넣고, 으깨면서 마찬가지로 계속 볶았다. 약불을 유지하면서 채소가 서로 뒤엉켜 수분이 거의 날아갔다고 생각될 즈음 꿀 1큰술과 물을 넣었다. 카레를 끓일 때처럼 재료가 모두 잠길 만큼 물을 붓고 중불에서 30분가량 팔팔 끓였다. 무엇을 넣었는지 알 수 없을 정도로 형체가 뭉개지면 핸드믹서로 곱게 갈았다. 기호에 따라 소금과 후추를 추가하고 계핏가루도 살짝 넣어줬다. 마지막으로 만화 〈스머프〉의 가가멜처럼 나무주걱으로 휘휘 저으며 '부디 맛있어져라' 주문을 외우면 완성이다.

맷돌호박수프를 만드는 데 2시간이 넘게 걸렸다. 주방 일이 서툴러서 재료 손질만 1시간, 요리하는 데도 1시간을 쏟아부었다. 결코 실패하고 싶지 않았다. 걱정과 두려움 끝에 한 입 먹어보았는데, 오묘했다. 정확히 얘기하자면, 실패였다. 폭설 때문에 북유럽 깊은 산장에 갇혀 어쩔 수 없이 먹게 된 수프의 느낌이었다.

"토토, 멀었어?"

"응. 멀었어."

"2시간이 넘었잖아."

"이게 2시간 가지고 될 게 아니야."

나는 언제쯤 요리를 잘할 수 있을까. 400여 년 전에 저지른 신만의 실수가 한 솥 가득 펄펄 끓고 있었다.

저처럼 하면 곤란해져요!

○ 호박의 양이 너무 많아서 냉동 보관했다가 그 후에 두 번 더 호박수프를 끓여보았는데, 맛있게 먹으려면 두 가지가 더 필요했어요. 꿀을 1큰술 더 넣어야 하고, 마지막에 생크림을 넣어서 고소함을 배가시켜줘야 해요. 그래야 그 산장에서 탈출할 수 있어요. 물론 건강하게 드시고 싶다면 생략하세요.

아내를 위한 식재료, 좀 더 알아봐요!

○ 부종 제거 효과와 상관없이 호박에는 몸에 좋은 영양소가 많아요. 베타카로틴이 풍부해 눈 건강뿐 아니라 면역력을 강화해주고, 피부에도 도움을 줘요.[19] 식이섬유가 풍부해 변비를 예방해주기도 하고요. 호박이 함유한 당질은 소화 흡수력이 높아 위장이 약해진 환자나 산모에게 좋다고 해요.

모유수유는 하고 싶고
떡볶이도 먹고 싶고

즉석떡볶이

마꼬의 항문이 빨간 것이 내내 걸렸다. 정말 김치를 먹어서일까. 마늘이 듬뿍 들어간 알리오올리오를 해 먹었는데 그것 때문이었을까. 인터넷을 찾아봐도 경험담과 귀동냥일 뿐, 모유수유 중에 매운 걸 먹으면 안 된다는 과학적 근거는 없었다. 근거 없는 잔소리에 지친 우리는 소아과 검진을 기다렸다. 의사에게 물어보고 싶었다. 모유수유 중에 '떡볶이'를 먹어도 되는지.

맛탕에게 떡볶이는 어떤 상황에서도(심지어 전쟁통일지라도) 제일 먼저 찾을 음식일 것이다. 그만큼 아내는 떡볶이에 늘 진심이었다. 실제로 한때 아내는 1일 1떡볶이를 시전한 적 있었다. 떡볶이라면 어떤 종류도 마다하지 않았다. 학교 앞 분식 스타일, 즉석떡볶이, 짜장떡볶이, 기름떡볶이, 밀떡, 쌀떡 모두 즐겨했다.

임신 중엔 갑자기 고등학교 앞 즉석떡볶이가 그립다며 버스를 한 시간 타고 간 적 있다. 추억에 잠긴 아내는 고등학생 시절을 종알쫑알 얘기하며 나와 떡볶이를 나눠 먹었다. 알고 보니 그곳은 떡볶이 계의 숨은 고수라 불리는 '미림 분식'이었는데, 추억을 걷어내더라도 훌륭한 맛이었다. 한 번으로 모자라서 출산 두 달 전에 한 번 더 들렀다. 쫄면과 튀김만두, 볶음밥 2인분까지 시켜서 싹싹 긁어 먹었다.

출산이 임박해오자 최후의 만찬 후보에 올리기도 했다. 하지만 병원에서 멀리 떨어진 곳이라 혹시 하는 마음에 더는 가지 못했다. 출산 이후에도 갈 수 없었다. 아직 마꼬와 장거리 외출이 어려울뿐더러 코로나로 외식하는 게 주저됐다. 아내는 갈 수 없는 북녘의 고향처럼 '미림 분식'을 자주 그리워했다.

그러던 어느 날, 아내는 김도영 감독의 단편영화 〈자유연기〉를 보고 모유수유 할 때 떡볶이를 먹지 못한다는 사실에 절망했다. 주변 지인들 말을 들어봐도 모유수유 중엔 고춧가루가 들어간 매운 음식을 가려 먹어야 한다고 했다. 산모가 먹은 음식이 모유의 성분에 영향을 주기 때문에 매운 걸 먹으면 아이가 배 아파하고 심하면 아이 항문이 빨갛게 된다는 것이다. 나도 궁금해서 검색해보니, 어떤 산모는 1년 동안 김치를 먹지 않았다고 했다.

집에서 떡볶이를 해 먹으려던 계획조차 산산조각 나자 아내는 몹시 기분이 가라앉았다. 술과 커피를 못 마셔도 전혀 개의치 않았는데, 떡볶이를 먹을 수 없다는 건 아내에겐 실로 청천벽력, 하늘이 무너지는 기분이었을 거다.

그러다 우연히 국제 모유수유 전문가의 영상과 몇몇 기사를 보게 됐다. 수유 시 매운 음식을 먹으면 안 된다는 건 과학적 근거가 없다는 내용이었다. 엄마가 먹는 음식으로 모유의 향이 달라질 수 있기 때문에 아이가 수유를 거부할 순 있지만, 빨간 음식 때문에 엉덩이가 빨개지는 건 아니라고 했다. 유튜브 채널 '맘똑 티비'를 운영하는 국제 모유수유 전문가는 아이가 변을 지리는 건 용쓰기 때문이라고 했다.[20]

항문이 빨간 것에 대해선 마꼬의 소아과 의사가 얘기해주었다. 혹시 매운 음식을 먹어서 그런 거냐고 묻자 의사는 웃었다.

"그런 건 과학적 근거가 없는 얘기고요. 엄마 아빠도 대소변이 찬 기저귀를 바로바로 갈아주지 않으면 엉덩이가 빨개질 거예요. 아시겠어요?"

매운 음식에서 원인을 찾으려다 우리의 게으름을 인증한 셈인데, 반성함과 동시에 내심 기뻤다(마꼬야, 철없는 부모를 용서해라).

⸻○

기어코 우리는 빨간 음식에 손을 댔다. 맵지 않게 하리라 다짐하고 나는 '미림 분식' 스타일의 즉석떡볶이를 만들기 시작했다. 가장 신경 썼던 부분은 아무래도 양념장이었다. 설탕, 물, 고춧가루, 고추장, 진간장을 각각 $1:1:1:1:\frac{1}{2}$ 비율로 소스를 만들어 맛을 보았다. 오랜만에 빨간 음식을 먹는 맛탕에겐 조금 매울 것 같아 물을 더 추가했다.

채소는 냉장고에 있는 걸 사용했다. 냄비 바닥에 양배추를 수북이 깔고 떡과 어묵, 라면을 쌓았다. 그 위에 양파와 파를 올린 다음 양념장을 얹었다. 일반 생수가 아닌 멸치와 다시마로 육수를 우려 내 재료가 자작하게 잠길 정도로 붓고 휴대용 버너로 끓였다. 빨간 국물이 보글보글 끓으며 채소와 떡과 면이 기분 좋게 익어갔다. 우리는 모닥불 앞에 앉은 것처럼 점점 무아의 경지가 되었다. 실눈으로 떡볶이를 지긋이 바라보며 이 순간을 즐겼다. 북녘의 고향이 코앞에 있었다.

○ 저는 예전에 떡볶이에 습관처럼 다진 마늘을 넣은 적이 있는데요. 다
진 마늘을 넣으면 뭐랄까. 찌개가 돼버려요. 떡볶이를 덜 맵게 만들려
면 고춧가루와 고추장 양을 줄이고 양배추를 많이 넣어주세요. 양배추
가 익으면 단맛이 올라와서 훨씬 건강하고 맛있는 떡볶이를 먹을 수
있어요.

○ 육아 관련 과학적인 팩트를 알려주는 유튜버 '베싸TV'가 소개한 한 연
구에 따르면, 엄마의 식단은 대체로 모유의 양과 질에 별 영향이 없다
고 해요. 매운 음식을 먹는다고 엄마의 피나 모유가 변하는 건 아니라
는 거죠.[21] 다만 단 음식을 과다 섭취하는 건 좋지 않아요. 과당이 모유
를 통해 아기에게 전달된다고 해요. 만일 어떤 음식을 먹고 아이가 수
유를 거부하거나 복통을 느낀다면 수유 중엔 해당 음식 섭취를 피하도
록 하세요.

두 유 노 우
Sanhujori?

전복죽

우연히 산후조리 관련 게시글을 훑어보다가 나는 묘한 댓글들을 접했다. 출산 후 산후조리원에 가는 한국 여성들을 조롱하는 내용이었다. 유럽과 미국에선 출산 후 산모가 바로 샤워하고 차가운 오렌지주스와 샌드위치를 먹고 하루 이틀이면 퇴원하는데, 왜 한국 여성들만 유난을 떠느냐는 것이었다.

가만 보자. 마우스 휠을 그냥 넘기려다가 손가락을 주춤했다. 그들의 혐오 섞인 조롱과 문화 사대주의가 마음에 걸렸지만, 진짜 이유가 뭔지 나 역시 궁금해졌다.

인터넷을 검색해보니 영국의 케이트 미들턴 왕세손비 이야기가 자주 눈에 띄었다. 그녀는 출산 후 10시간 만에 노란색 꽃무늬 원

피스에 하이힐을 신고 퇴원했다. 당시 한국의 육아카페에선 난리가 났다고 한다. 그러다 바람 든다며 당장 이불로 꽁꽁 싸매주고 싶다는 우스갯소리들이 있었다고. 한편으론 서양 여성은 한국 여성과 체질이 다르다는 의견이 많았고, 서양 아이들이 머리가 작아서 동양보다 아이를 낳기 쉽다는 주장도 있었다.

이에 대해선 Jtbc 〈뉴스룸〉 코너인 '팩트체크'에서 밝힌 바 있다. 서양인이 체격이 크기 때문에 골반이 커서 출산에 유리하다고 생각할 수 있지만, 학문적으로 동서양 산모의 체질 차이가 있다는 연구 결과는 없다는 게 대부분 의사들의 의견이라고 한다. 아이들의 머리 크기 역시 별반 다르지 않았다. 미국 캘리포니아의 한 논문에서 인종별 신생아 머리 둘레를 조사한 적이 있었는데, 평균적으로 백인 아이의 머리 둘레는 34.9cm였던 반면, 중국 아이의 머리 둘레는 34.2cm로 오히려 작았다고 한다.[22]

과거와 달리 한국 여성의 체격이 서구화되며 신체적 차이가 거의 나지 않는다는 데에 공감했다. 그렇다면 정말 한국 여성들만 유난 떨며 산후조리를 하는 걸까?

산후조리는 영어로 번역이 되지 않아 발음 그대로 'Sanhujori'로 쓰인다. 그만큼 영어권에선 산후조리 개념 자체가 없다. 하지만 딱 맞는 개념이 없을 뿐, 그 외의 다양한 나라에서 산모가 출산 후 휴식을 취하는 사례가 존재한다. 〈SBS 스페셜〉 제작팀이 출간한 책『산후조리 100일의 기적』에 따르면 중국, 베트남 등의 아시아 지역과 남미 지역 국가, 아프리카 대륙과 이슬람 문화권에서 출산 후 약 40일에서 100일의 기간 동안 몸조리를 권하는 걸 알 수 있다. '찬바람, 찬 기운을 금기하고 몸을 따뜻하게' 하는 것이 우리의 산후조리와 유사하다. 음식 역시 재료만 상이할 뿐, 식재료를 따뜻하게 데워서 국이나 찜 등으로 먹는 문화도 비슷하다.[23]

(당연한 말이겠지만) 유럽과 미국 여성이라고 출산 후 모두 건강한 것도 아니다. 〈SBS 스페셜〉 제작진은 산후 통증으로 고통을 호소하는 미국 여성을 취재한 바 있다. 그녀는 다리, 손, 어깨, 허리 등에서 심한 통증을 느꼈고, 온몸을 감도는 찬 기운 때문에 한여름에도 손을 시려했다. 현대의학에서 밝히지 못하지만 우리가 흔히 '산후풍'으로 부르는 증상을 미국 여성도 똑같이 겪는 것이다. 그럼에도 그들에겐 어떠한 해결 방법도 예방책도 없어 보였다.

이쯤 되니 반발심이 고개를 불쑥 내밀었다. 반대로 묻고 싶어졌다. 왜 서구로 대표되는 유럽과 미국에선 산후조리 음식과 문화가 없을까.

아무리 산후조리 관련 책과 영상, 기사들을 뒤져봐도 알 수 없었던 내용을 우연히 목수정 작가의 『밥상의 말』에서 힌트를 얻을 수 있었다. 작가는 식약동원(食藥同源)의 이치는 만국 공통일 줄 알았는데, 프랑스 생활을 하며 그것이 착각이었다고 밝혔다. 프랑스인들은 상대적으로 식재료의 영양학적 지식에 둔감한 편이라 했다. 무엇보다 이상한 건 유럽에선 대대로 전해 내려오는 민간의학이 존재하지 않는다는 것이다. 정상적인 식문화를 향유하는 사회라면 존재할 법한 문화가 마치 도려낸 것처럼 없다 보니 작가는 부자연스럽다는 느낌을 받았다고 한다. 자연스레 작가는 중세 말부터 르네상스에 이르기까지 대략 200년에 걸쳐 자행된 비극인 '마녀재판'을 떠올렸다.

마녀로 지목당한 여성들의 대다수는 자식이 없는 여자이거나,
음식에 대하여 전수 받은 지식을 통해 사람을 치유하거나,
아이를 낳는 것을 돕는 산파들이었다.[24]

공동체 안에서 산모와 아이에게 간단한 치료와 민간요법을 해왔던 산파들은 '과학적' 지식 체계를 세우려 했던 당시 신학자들에 의해 처형당하기 시작했다.

그렇게 치유의 능력을 가진 여자들과 함께,
그들이 보존해오던 전 세대로부터 전해진
음식에 대한 지식들마저 사라져버리게 되었고,
비슷한 종류의 지식과 지혜를 축적하려는 모든 시도들 또한,
이후 강력한 사회적 저항에 부딪힌다.[25]

'마녀사냥'은 여성 학살이자 민간요법의 단절이었던 셈이다. 어쩌면 이러한 역사적 바탕 때문에 유독 유럽과 미국에서 산후조리 문화가 부재한 게 아니었을까. 그렇다면 우리가 산후조리 문화를 가졌다는 건 결코 부끄러워할 게 아니다. 유난 떤다고 조롱할 게

아니라, 어쩌면 다행인 것이다. 산후조리 문화는 세상에 태어난 아이를 반기고, 출산으로 신체뿐 아니라 마음의 벽이 무너진 산모를 감싸주는 사회적 환대인 셈이니까.

하지만 지금의 산후조리 문화를 좋아할 한국 여성은 아마도 없을 거다. 남편은 육아휴직은커녕 출산휴가도 쓰기 어렵고, 산모는 몸도 회복되지 않았는데 육아에 집안일까지 '독박'으로 해야 한다. 이러니 어떤 산모가 집에 가고 싶겠는가. 기형적일 정도로 민간인 '산후조리원'에 의존하고 있는 현 상황은 한국 여성이 유난한 게 아니라 한국 사회의 모성보호 제도가 부실하다는 반증이다.

반면, 북유럽과 서유럽에선 산후조리원이 없는 대신 모성보호 제도가 정착되어 있다. 스웨덴은 총 480일의 육아휴직을 할 수 있다. 이중 300일은 파트너끼리 상의하여 자유롭게 사용 가능하고, 90일은 두 보호자(혹은 한 명)가 반드시 사용하도록 규제하고 있다. 네덜란드는 조산사 방문과 별도로 '7~8일간 하루 6시간씩 모성돌봄조력자의 도움'을 받을 수 있다. 노르웨이도 집에서 무료 산후조리 서비스를 제공받는다.[26] 기본적으로 정부가 기꺼이 산모의 산후조리를 책임지고 있는 것이다.

산후조리원과 재가 산후조리 중 어떤 것이 더 효과적인지는 알 수 없다. 다만 산모의 산후조리를 사회제도적으로 충분히 지원해주는 사회에 산다면 한국 여성들도 유난을 떨지 않아도 됐을 거다.

밀린 설거지를 하면서 나는 유럽의 산모들이 마녀로 몰리지 않았다면 어땠을까 상상해봤다. 그랬다면 그들도 산후조리 음식에 관심이 있었을까. 만일 내가 유럽과 미국의 산모들에게 한국의 산후조리 음식을 소개할 수 있다면 어떤 게 좋을까. 리소토를 즐기는 서구 산모라면 전복죽도 틀림없이 좋아하지 않을까. 혼자 별의별 상상을 하던 나는 가상의 유럽 산모에게 대접할 전복죽을 끓이기 시작했다.

—○

전복죽에서 제일 중요한 건 전복 손질이다. 솔로 전복을 깨끗이 닦아낸 후, 숟가락을 이용해 전복살을 껍데기에서 분리해냈다. 이때 내장을 버리지 말고 잘 보관해둬야 한다. 냄비에 참기름을 두르고 3시간 정도 물에 불린 쌀을 볶았다. 쌀알이 투명해지면 물을 넣고 나무 숟가락으로 저어가며 죽을 쒔다. 쌀알이 부드럽게 퍼지면 전복살과 내장, 당근과 양파를 넣고 한소끔 끓여줬다. 마지막으로 곱게 빻은 참깨를 뿌려주면 전복죽 완성이다.

전복의 쫄깃한 살이 씹을수록 고소하고, 전복 내장이 죽에 깊은 감칠맛을 줬다. 치즈와 버터가 많이 들어가 소화하기 어려운 리소토와 달리 죽은 속이 편안해 면역력이 떨어져 소화가 잘 안 되는 환자나 산모에게 큰 도움을 준다. 식약동원의 이치로 음식을 만들고 먹는 우리의 식문화가 새삼 고마웠다. 만일 가상의 유럽 산모가 앞에 있다면 나는 전복죽을 떠주며 이렇게 말했을 거다.

"두 유 노우 Sanhujori?"

○ 저는 예전에 모르고 내장을 버린 적 있어요. 전복은 다시마나 미역 등
의 갈조류를 먹어서 내장이 까만데요. 영양가가 많으니, 저처럼 버리지
마시고 죽에 꼭 넣어 드세요.

○ 전복은 저지방 고단백 식품으로 비타민과 칼슘, 인 등의 미네랄이 풍부
하고, 아르기닌이라는 아미노산이 월등히 함유되어 있어 강장식품으로
인정되어 왔어요. 산모의 산후조리에도 많이 사용되었는데요. 타우린
과 함황 아미노산이 많아서 출산 후 원기 회복과 피로 해소에 큰 도움
을 줘요.[27]

모유 사관학교
열등생은 졸업 후

양배추스테이크

'모유 사관학교'라 불리는 산후조리원에서 맛탕은 그들 기준에서 '열등' 학생이었다. 조리원에선 자주 젖을 물려야 모유가 잘 나온다며 산모들을 다그쳤지만 아내는 모유가 잘 도는 타입이 아니었다. 젖몸살이 심했다. 마꼬와 쿵짝이 맞지 않아 가슴이 쓰리고 따갑다고 울상이었다. 아이를 이리 돌리고 저리 돌리고, 누워서도 먹여봤지만 젖몸살은 가라앉지 않았다. 너무 힘들면 하지 않아도 된다고 했지만 아내는 모유수유를 하고 싶어 했다.

　보다 못한 나는 시장에서 양배추를 한 통 사왔다. 가슴에 양배추를 붙이면 통증이 가라앉는다는 글을 책에서 봤기 때문이다. 사오긴 사왔는데, 저걸 어쩐담. 고민하는 내게 아내는 고개를 가로

저었다. 양배추에 농약 성분도 있고 해서 요즘엔 그렇게 안 한다는 것이다. 아내는 진정크림을 바르거나 아이스팩으로 냉찜질을 했다. 수시로 유축도 했다. 아내의 신식 처방(?) 덕분에 양배추는 하릴없이 냉장고 한편에 계속 방치되었다. 저건 또 어쩐담.

아내는 양배추스테이크를 해 먹자고 했다. 요리 자체가 생경했던 나는 당연히 구운 양배추를 곁들인 소고기스테이크를 떠올렸는데 아내의 설명은 달랐다. SNS에서 본 비건 요리인데, 별다른 레시피가 있는 건 아니고 스테이크처럼 양배추를 구우면 된다고 했다.

"그게 맛있어?"

"맛있대."

평소 양배추에 별 매력을 못 느끼던 나는 의뭉스러웠지만, 아내는 확신에 가까운 표정이었다. 그래, 맛이 있든 없든 아내가 뭔가를 먹고 싶다고 한 것이 대체 얼마 만인가.

임신 중기의 아내는 먹덧이 절정이었다. 매일 아침마다 계시를 받았다면서 '오늘은 오므라이스!', '오늘은 마라탕!', '오늘은 연어회!'를 외치며 도장 깨기를 하듯 각종 식당을 종횡무진했다. 가수 이랑의 노래 〈먹고 싶다〉를 흥얼거리며 맛집 유랑을 하는 아내가 세상 부러웠다. 하지만 그것이 입덧과 마찬가지로 먹지 못하면 속이 메쓰꺼워서 했던 필사의 몸부림이었단 걸 난 뒤늦게 알았다.

먹는 것도 일이다. 고된 일이다. 아내는 모유수유를 하기 위해 억지로 식사를 하는 듯했다. 잠 묻은 얼굴로 강의실에 겨우 출석

체크하듯, 식탁에 앉아 있는 아내를 볼 때마다 마음이 짠했다. 그랬던 아내가 오랜만에 먹고 싶어 하는 걸 말했으니, 얼마나 기뻤는지 모른다.

─○

조리 방법은 스테이크와 똑같은 방식으로 했다. 스테이크처럼 편평하게 잘라서 깨끗이 씻은 후 키친타월로 물기를 꼼꼼히 제거했다. 올리브오일을 바른 후 소금, 후추를 골고루 뿌려 시즈닝을 한 다음 30분 지나 굽기 시작했다.

무엇보다 예열을 신경 썼다. 올리브오일을 두른 팬을 중불에서 5분 정도 충분히 예열했다. 낮은 온도에서 서서히 구우면 수분이 나와 양배추볶음이 될 것 같았다. 높은 온도에서 양쪽 겉면을 구워준 다음 느끼함을 잡기 위해 편마늘 한 알을 넣었다. 마늘도 노릇하게 구워지면 양배추가 타지 않고 안까지 익도록 팬 뚜껑을 닫고 불 세기를 줄였다. 겉과 속이 충분히 익으면 버터 한 덩이를 녹여 양배추에 골고루 향을 입히고, 파르메산 치즈를 살살살 뿌렸다. 마지막으로 스테이크처럼 10분 정도 레스팅을 해주면 완성이다.

스테이크를 썰듯 나이프까지 준비해 멋을 내긴 했지만 실은 별기대가 없었다. 기껏해야 양배추일 뿐이지, 뭐. 그랬는데 한 입 먹는 순간, 스테이크 안에 품고 있던 양배추 즙이 터져나오며 신세계를 맛봤다. 부들부들하면서도 식감이 살아 있는 양배추는 씹으면 씹을수록 달콤했다. 올리브오일과 버터, 치즈, 소금이 어우러진 양배추의 맛은 샐러드나 양배추 쌈으로 먹었을 땐 느낄 수 없었던 깊고 풍부한 맛이었다. 믿기지가 않았다. 젖몸살 때문에 사온 양배추로 만든 스테이크가 우리 부부의 최애 메뉴가 되다니!

그날 이후로도 맛탕은 젖몸살로 내내 고생했다. 모유 사관학교의 '열등생'은 졸업 후에도 충분한 양의 모유를 생성해내지 못했다. 하지만 아내는 비관한 적 없다. 양이 적으면 분유를 주면 되니까. 모유의 양이 엄마 됨의 척도는 아니니까. 아내는 사회가 자신에게 강요하는 모성은 거절했지만, 아이를 키우면서 경험하는 여러 감정을 충분히 느끼고 싶어 했다. 모유수유는 아내의 선택이었고 즐거움이었다. 나는 아내의 선택을 존경했다.

○ 저는 스테이크처럼 모양을 유지하기 위해 단단한 심지가 있는 부분을 포함해 양배추를 잘라줬는데요. 그러니까 다른 잎 부분은 다 익었는데 심지는 속까지 푹 익지 않아서 아쉬웠어요. 뿐만 아니라 심지가 너무 딱딱해서 씹다가 턱이 만화처럼 빠질 뻔했어요. 부디 여러분은 심지를 빼는 걸로. 대신 심지는 채수를 끓일 때 쓰면 좋아요.

○ 십자화과에 속하는 양배추는 비타민U와 비타민K가 풍부해 위 건강에 효과가 있어요. 소화 기능이 떨어진 산모에게도 효과가 있는데, 양배추에 함유된 식이섬유가 장내 유해물질과 노폐물 배출을 도와 속을 편하게 해줘요.[28] 다만 너무 많이 먹으면 오히려 복부팽만, 소화불량이 있을 수 있다고 하니 조심하세요.

젖이 없어서 원통한
그대에게

상추샐러드와 최유제 채소

깨물고 꼬집고 할퀴는 날이 늘었다. 마꼬가 입과 손톱으로 자꾸만 상처를 냈다. 수유가 끝나면 아내는 한바탕 드잡이를 치른 것처럼 만신창이가 되어 방에서 나왔다. 하얗게 불태운 아내와 달리 마꼬는 아직 열기가 식지 않았다. 몇 라운드는 더 뛸 수 있을 듯했다. 본인은 여기까지라며 아내는 쓰러질 듯 내게 말했다.

"분유 좀 타줘."

그런 우리를 바라보는 마꼬의 눈엔 서러움이 가득했다. 그것은 일종의 시위였다. 마꼬의 인생 첫 번째 시위는 젖을 더 달라는 것이었다.

50일 전후로 마꼬의 빠는 힘을 아내가 따라잡지 못했다. 그전에도 젖이 돌지 않을 때 분유로 보충해줬는데, 점점 격차가 벌어졌다. 나오든 안 나오든 아내는 분유를 주지 않고 풀타임으로 젖을 물리기 시작했다. 가슴 마사지를 셀프로 하고 물을 꼬박꼬박 챙겨 먹었다. 아이가 잠든 새벽엔 유축을 했다. 한번은 피곤한 나머지 졸다가 한 시간 가량 유축한 모유를 잘못해서 쏟았다. 아내는 억울해서 눈물을 왈칵 쏟았다고 했다.

하루 종일 마꼬의 침이 마를 날이 없었다. 아내는 젖 주는 기계나 짐승이 된 것 같다면서 푸념하다가도 마꼬가 젖을 찾을 때 젖이 말라 있으면 집들이 음식을 망친 집주인처럼 당황하고 속상해했다. 그럴 땐 불똥이 나한테 튀었다. 마꼬를 달래려고 안았더니만 마꼬는 내 가슴에 입을 내밀었다. 하지만 이 인간은 편평하니 아무것도 없다는 걸 확인하자 분노에 찬 울음을 터뜨렸다. 내가 없고 싶어서 없는 게 아닌데 괜히 미안했다. 아내도 나도 젖이 없어서 원통할 줄은 꿈에도 몰랐다.

맛탕에게 조금이라도 도움을 주고자 나는 젖을 돌게 하는 최유제 식재료를 인터넷에서 찾아보았다. 그런데 산후조리 관련 식재료를 찾을 때도 그러더니, 모유수유까지 정말 이러기냐. 엄마들마다 각기 하는 말이 다 달랐다. 누구는 미역국만 먹어도 콸콸 쏟아졌다고 하고, 아무리 돼지족을 먹어도 젖이 마른다고 하는 경우도 있고, 오렌지주스가 좋다는 사람도 있고, 독일에선 감귤류를 먹으면 안 된다고 말하는 사람도 있고, 도대체 누구 말을 따라야 하는 건지 알 수가 없었다. 언론사의 기사나 연재를 살펴보고 한의원에서 운영하는 블로그나 유튜브 채널에서 정보를 훑어보기도 했는데, 이 역시 어째 조금씩 하는 말들이 달랐다.

무엇보다 대부분의 정보들에 출처가 없었다. 차라리 할머니와 엄마의 대를 이어온 비법이라고 한다면 납득이 될 텐데, 이건 뭐 그냥 좋다고만 하니 영 찝찝했다. 근거로 제시한 연구 결과도 없었다. 모유가 아이와 수유모에게 끼치는 영향에 대해선 의학계의 연구가 활발한 듯 보이나, 모유수유에 도움이 되는 식재료에 대한 연구는 없는 듯했다. 최유제에 대한 온갖 추측과 풍문이 인터넷에 난무하는 건 그런 이유 때문인 것 같았다.

책을 뒤지기 시작한 건 이런 연유에서였다. 우연히 알게 된 힐러리 제이콥슨이 쓴 『Mother Food 수유모를 위한 음식과 허브』는 내게 큰 길라잡이가 되었다. 평범한 가정주부였던 저자는 본인이 젖이 잘 돌지 않는 수유모였던 까닭에 젖을 늘리는 방법을 찾아 필사적으로 이 연구에 뛰어들었다고 한다.

스위스 대학 도서관에서 그녀는 동서양의 의학 서적을 뒤져 최유제를 찾아보고 정리하여 실로 방대한 자료의 책을 완성했다. 고대 그리스부터 이집트, 현대 미국과 유럽의 논문과 연구 자료들, 인도의 아유르베다 의학, 중국 전통의학에서 거론하는 음식과 허브를 그녀는 꼼꼼히 정리하였다. 게다가 역자인 김성준 동서의학 박사가 기입한 역주들이 탁월했다. 때때로 『동의보감』의 내용을 소개하며 해당 최유제가 서양뿐 아니라 한국에서도 쓰임이 있었다고 설명하는데, 나 같은 초보자도 이해하기 쉬웠다(그가 필자로

참여한『자연주의 산후조리』 역시 큰 도움을 받았다).

비할 바는 못 되지만 평범한 직장인인 나 역시 아내의 산후조리 식단을 차리기 위해 유튜브와 인터넷의 세계를 헤엄치며 고생한 걸 생각하니, 저자에게서 묘한 동질감을 느꼈다. 하지만 그녀가 소개한 허브들을 보면 솔직히 이질감이 앞섰다.

예를 들면 이런 식이다. 그녀는 2,000년 전 그리스 군의관이었던 디오스코리데스가 쓴 약물지『De Materia Medica(The Material of Medicine)』에 기록된 최유제를 소개했다. 만형자, 접시꽃, 방가지똥, 회향, 시라자, 흑종초씨, 브리오니아, 검은 애기똥풀, 에키온 등이 그것이라는데, 나는 세상에 그런 식물이 있는 줄 처음 알았다.

다행히 그녀가 낯선 식물만 소개한 건 아니다. 책에 소개된 최유제 중 한국에서도 손쉽게 구할 수 있는 재료를 간추려보면 다음과 같다.

참깨, 아마씨유, 보리, 오트밀, 귀리, 당근, 마늘, 양파, 생강,
계피, 상추, 바질, 땅콩, 아몬드, 옥수수, 감자, 고구마, 마, 연근,
무화과, 체리, 복숭아, 살구, 코코넛, 비트, 강황, 완두콩, 병아리콩,
녹색채소, 미나리, 시금치, 아욱, 아스파라거스, 콜리플라워,
민들레, 버섯, 미역, 다시마, 우뭇가사리, 해조류 등.[29]

힐러리 제이콥슨은 단순히 최유제 채소를 소개하는 것으로 끝

내지 않고 어떻게 하면 질 좋은 모유를 얻고, 나아가 건강한 식단과 삶을 유지할 수 있는지 기술했다. 팩트와 근거, 연구 결과와 출처 위주의 건조한 문장이지만 읽다 보면 그녀가 마치 딸에게 당부하듯 애정을 갖고 이 책을 써내려갔다는 걸 느낄 수 있다. 마치 할머니와 엄마의 손을 거쳐 대대로 물려온 소중한 씨앗을 받아든 기분이라고 할까.

그녀의 당부대로 나 역시 책을 읽으며 건강한 식단과 삶에 대해 고민했다. 기왕 산후조리와 모유수유 때문에 식단의 체질을 개선했으니 이대로 현상 유지하여 아이 이유식까지 연결한다면 어떨까 싶었다. 그렇게만 된다면 우리 부부와 아이 세 식구가 지금보다 더 건강해질 수 있을 것 같았다.

$$\text{—}\circ$$

책에 나온 채소 중 만만한 것들로 식단을 차려 보았다. 일단 보리차를 끓였고, 웬만한 음식엔 참깨를 넣거나 참기름을 첨가했다. 마늘, 양파, 당근, 버섯은 볶아 먹고, 감자와 고구마, 연근, 완두콩은 쪄 먹었다. 아몬드와 땅콩은 요거트와 곁들여 먹었다. 시금치와 아욱은 된장국을 끓여 먹고, 마는 갈아서 메밀국수와 먹었다. 적상추는 고기쌈으로 먹고 로메인과 양상추는 올리브유와 함께 샐러드로 해 먹었다.

로메인과 양상추는 요거트와도 잘 어울려서 드레싱에 요거트를 추가해서 먹기도 했다. 약간의 쓴맛이 나는 상추는 새콤달콤한 토마토, 레몬과 잘 어울렸다. 잘게 썬 채소에 고수까지 얹어 향을 돋아췄다. 때에 따라 주꾸미나 문어를 데쳐서 샐러드에 올렸다. 혹은 땅콩이나 아몬드, 잣, 해바라기씨를 올리기도 했다.

다행히 맛탕은 조금씩 마꼬의 빠는 힘을 따라잡았다. 결론이 허무할지 모르겠지만, 상추샐러드를 많이 먹었다고 모유가 잘 나온 건 아니다. 특정 음식만 먹는다고 젖이 잘 나올 정도로 우리 몸은 단순하지 않다. 만약 기여를 했다면 여러 채소를 골고루 먹었기 때문이 아닐까.

> 영양은 수많은 식품의 복합적인 활동으로 나타난다.
> 전체는 부분의 합보다 크다.
> ㅡ 콜린 캠벨, 토마스 캠벨, 『무엇을 먹을 것인가』(열린과학, 2020)

무엇보다 수시로 마꼬에게 젖을 물리면서 아내의 신체가 변화한 것이 컸다고 본다. 아내가 고생했다.

그럼에도 나는 계속 음식을 차렸다. 아내의 기력을 보충해주고, 좀 더 수월하게 모유가 나올 수 있도록 나는 나대로 노력했다. 그것이 젖이 없는 아빠가 아이에게 해줄 수 있는 정성이라 생각했다. 물려받은 소중한 씨앗을 전해주듯 그렇게 나는 아내를 위한, 아이를 위한 식탁을 차렸다.

○ 아내는 단유할 때 수소문한 마사지사를 통해 모유를 모두 짜냈는데요. 이렇게 쉬운 방법이 있었다면 모유수유 초기에 고생 안 했을 텐데, 하더라고요. 모유를 자주 물리는 게 제일 좋은 방법이지만, 그럼에도 수유가 어려운 분은 마사지를 통해 유선을 풀어주는 것도 병행해보세요.

○ 샐러드 드레싱은 생각보다 어렵지 않으니 직접 만들어보세요. 올리브유 3큰술, 취향에 따라 레몬즙이나 식초를 1~2큰술 넣고, 소금, 후추, 다진 마늘(생략 가능), 설탕(생략 가능)을 조금씩 첨가해 드셔보세요. 물론 설탕보단 비장의 기운을 돕는 꿀로 대체하는 게 좋아요. 매실액도 가능해요. 식재료에 따라 간장이나 요거트를 추가하는 것도 방법이에요.

○ 『Mother Food 수유모를 위한 음식과 허브』는 꼭 먹어야 한다거나 꼭 피해야 하는 식재료가 있다는 식으로 서술하지 않아요. 일명 '쇼닥터'처럼 특정 음식만 먹으면 질병이 낫는 것처럼 광고하지 않더라고요. 그만큼 골고루 먹는 게 중요하다는 걸 텐데요. 그럼에도 감귤류는 피하는 게 좋다고 조언해요. 젖이 심각하게 마른 경우는 감귤류 대신 브로콜리나 빨간 파프리카, 사과, 감자로 비타민C를 섭취하면 어떨까 싶어요.

칼슘이 부족한
그대에게

아욱표고버섯조림과 칼슘이 많은 식재료

나름 맛탕의 산후조리를 담당하고 있는 자로서 나는 설레는 마음으로 검사 결과를 기다렸다. 출산 후 두 달이 되어갈 즈음, 아내는 산부인과에서 두 번째 검사를 받았다. 오로 배출이 끝났는지, 자궁은 정상적으로 수축되었는지, 산후 회복 상태를 알아보기 위한 두 번째 검사였다. 지난 첫 번째 검사에서 모든 수치가 정상 범주에 속했기 때문에 이번에도 자신만만했다.

하지만 결과는 충격적이었다. 아내는 칼슘이 부족하다는 진단을 받았다. 아내의 칼슘 부족을 막기 위해 나는 아침마다 시리얼과 우유를 준비했고, 오후엔 간식으로 딸기나 망고, 아몬드를 넣은 요거트를, 저녁엔 종종 치즈를 듬뿍 뿌린 음식을 해주었다.

"그만 속상해해. 토토 잘못 아니니까."

"아니, 이상해서 그래."

암만 생각해도 이상했다. 내가 공부하기로 산모에게 필요한 영양소 중 가장 중요한 것이 칼슘이다. 수유 시 칼슘이 부족하면 엄마의 뼈나 치아를 용출시켜 모유로 만든다. 그 말인즉슨, 요 근래 아내는 자신의 뼈를 녹여 마꼬에게 주고 있었던 것이다. 이 상태가 지속되면 골다공증에 걸릴 위험이 높아진다. 그 위험성을 알고 있었기 때문에 식재료 중 칼슘의 체내 흡수율이 30~40%로 가장 높은 우유와 우유로 만든 유제품을 먹였던 건데, 대체 이게 무슨 일일까.

이해할 수 없는 건 아내의 사례만이 아니었다. 한국인은 1961년과 2011년을 비교했을 때, 50년간 우유를 50배 정도 더 마시게 됐다. 하지만 고관절 골절이 감소하기는커녕 오히려 급격히 증가했다.[30] 우유 소비량이 높은 미국과 유럽은 어떤가. 골다공증 환자의 비율이 상당할 뿐 아니라 뼈가 많이 부러진다고 한다. 우유와 유제품을 두고 오랜 세월 논쟁 중이라 확언할 순 없지만, 한 가지 확실한 건 칼슘 보충에 우유가 유일한 답은 아니라는 사실이다.

우유가 골다골증을 일으킨다고 단정할 수는 없다.
그러나 우리가 오랫동안 믿어온 것처럼,
유제품이 골다공증을 예방해주지는 않는다.
그와 반대로 연구들은 과일과 채소가

골다공증을 예방한다는 것을 보여준다.

— 조엘 펄먼, 『밥상의 미래』(다온북스, 2015)

뿐만 아니라 우유는 생각보다 칼슘 함유량이 적다. 내가 바이블처럼 많이 들춰본 『자연주의 산후조리』에 따르면, 우유는 칼슘 함유량이 100g당 105mg인데 반면, 봄에 흔히 먹는 돌나물이 우유보다 칼슘이 2배 많고(212mg), 말린 곤드레 잎은 28배 이상(2,958mg) 많다. 말린 고구마 줄기(1,355mg), 말린 머위(1,104mg), 말린 토란대(1,050mg)에도 1,000mg 이상의 칼슘이 있고, 그 외에 무시래기, 깻잎나물, 무말랭이, 곰취, 도라지, 취나물, 쑥, 호박고지, 고춧잎도 칼슘이 많다고 언급했다.

또한 저자인 김성준 박사는 채소만큼이나 해조류의 중요성을 강조했다. 톳(1,250mg), 미역(1,162mg), 파래(1,015mg), 다시마(759mg), 매생이(574mg), 김(510mg)에 칼슘이 많다고 소개하였으며, 체내 흡수율과 이용 효율이 높고 다양한 미네랄도 있다고 했다.

물론 체내 흡수율 면에서 채소보다 우유가 좋은 건 사실이다. 하지만 김성준 박사는 그것은 샐러드처럼 채소를 생으로 먹었을 때의 이야기이고, 한식처럼 채소를 데치고 쪄서 나물이나 조림, 찌개 등으로 먹는 경우 그 과정에서 채소에 함유된 칼슘의 흡수를 방해하는 성분들이 대부분 제거되기 때문에 흡수율을 걱정할 필요 없다고 했다.[31]

고민할 것 없이 나는 식물성 칼슘 위주로 식단을 다시 짰다. 말린 곤드레를 강원도 직송으로 샀고, 재래시장에서 염장된 톳을 종종 구입해 먹었다. '너 없이도 잘 살 거야'라며 안녕을 고했던 미역도 냉장고 선반에서 꺼내 오이미역냉국을 해 먹었다. 칼슘 관련 채소나 해조류가 정 없으면 김이라도 먹었다. 여러 칼슘 식단 중 내가 애정하는 음식은 곤드레밥과 아욱표고버섯조림이었다.

우선 곤드레밥. 말린 곤드레를 물에 1시간 이상 불렸다가 들기름과 소금으로 간을 하여 밥 위에 올렸다. 여기에 다시마를 2장 올려 밥을 안쳤다. 몇 번 해보니 다시마에서 알긴산 성분이 나와 밥이 찰지고 훨씬 윤기가 났다(아예 다시마를 우린 물로 밥을 지어도 좋다).

아욱과 표고버섯을 넣은 조림은 네이버TV에 있는 이양지 요리 연구가의 〈마크로비오틱 한 가지 채소 요리〉를 보고 시도했다. 우선 손으로 바락바락 치댄 아욱을 데친 다음, 물기를 빼고 먹기 좋은 크기로 잘랐다. 된장 2큰술과 국간장, 고춧가루, 다진 마늘, 매실액을 1큰술씩 넣은 양념장을 데친 아욱에 넣고 조물조물 버무렸다.

아욱에 간이 배는 동안 육수를 준비했다. 표고버섯과 멸치, 다시마를 넣고 물이 끓으면 다시마는 빼서 먹기 좋게 잘랐다. 육수가 충분히 우러난 것 같으면 멸치는 버리고 표고버섯은 꺼내 밑동을 잘라내고 한입 크기로 썰었다. 냄비에 두부를 깔고 손질한 다시마와 표고버섯을 넣은 뒤 아욱을 그 위에 올린 다음, 재료가 자작하게 잠길 정도로 육수를 붓고 끓였다. 된장과 아욱의 구수한 향이 주방을 감돌면 불을 줄여 좀 더 조렸다. 조리는 동안 양배추 쌈까지 준비하면 거의 천의무봉이다.

밥알 가득 배어 있는 곤드레 향이 입맛을 돋우고, 은은하게 된장으로 조린 아욱과 표고버섯을 양배추 쌈에 틱 하니 싸 먹으니 세상에 비할 맛이 없었다. 별 것 아닌 소박한 쌈 하나가 세상 시름을 잊게 만들었다. 도대체 이건 누구를 위한 칼슘 식탁인가. 민망할 정도로 내 젓가락이 아내의 것보다 빨리 움직였다.

○ 말린 곤드레는 충분히 물에 불리지 않으면 밥을 지었을 때 좀 딱딱한 감이 있더라고요. 몇 번 실패한 이후론 뜨거운 물에 10분 정도 삶아서 했더니 훨씬 나았어요. 노파심에 말씀드리면, 곤드레를 데친 물은 쓴 편이에요. 그걸로 밥물을 지으시면 절대 안 돼요. 제가 한번 해봐서 매우 곤란해졌었거든요.

○ 서양에선 시금치의 영양소가 으뜸이라고 알려져 있는데, 아욱은 시금치보다 단백질과 칼슘이 2배 더 높아 뼈 건강에 도움을 주고, 비타민 A, C도 풍부해 면역력에도 도움을 줘요. 산모에게도 참 좋은 채소인데요. 젖을 잘 나오게 하는 작용도 하고, 부기 해소에도 효과가 있어요. 하지만 임산부에게는 유산할 위험이 있으니 섭취를 피해야 해요.[32]

비타민D는 핑계고,
아무튼 연어장

연어장과 비타민D가 많은 식재료

칼슘은 핑계고, 비타민D도 핑계고, 아무튼 맛탕에게 밖에 좀 나가자고 했다. 집돌이인 나와 달리 아내는 하루라도 밖에 나가지 않으면 좀이 쑤셨다. 하지만 출산 이후 아내는 다른 사람이 됐다. 산욕기가 지난 지 꽤 됐는데도 몸이 쑤시다며 집 밖을 나갈 생각을 안 했다.

나는 칼슘 부족으로 나온 맛탕의 산후 검진 결과를 들먹였다. 칼슘의 체내 흡수율을 돕는 비타민D는 햇살에 15~30분 흠뻑 몸을 적셔야 형성되는 거라며 아내를 꼬드겼다. 건강을 위하는 거라고 말을 꾸몄지만 필사적인 건 사실 나였다. 매일 아이 돌보고 밥하고 설거지하고 빨래하고 청소하고 포카 산책시키다 보니, 몸도 지쳤지만 마음이 먼저 지쳤다. 비타민D는 핑계고, 나는 아내랑 잠시라도 콧바람을 쐬고 싶었다.

우리는 오랜만에 마꼬를 둘러업고 아이 용품을 바리바리 챙겨 밖으로 나왔다. 하지만 동굴 밖으로 처음 나온 인류처럼 갈 곳을 정하지 못해 멀뚱대며 방황했다. 한참 끝에 우리는 이끌리듯 집 근처 카페에 갔다. 마꼬 탄생 이후 두 달 만에 처음 카페에 가는 것이었다. 아주 끔찍할 정도로 달콤한 게 먹고 싶었다.

SNS에서 유행한 지 10년은 족히 지난 듯한 달고나 커피가 메뉴에 있길래 나는 감격하며 주문했다. 아내는 밀크티와 초콜릿이 올라간 아이스크림을 시켰다. 우리는 자리에 앉아 잠시 수다를 떨었다. 커피와 밀크티, 아이스크림이라니, 감격에 겨웠다. 마꼬가 조금 컸다고 이런 날도 오는구나 싶었다. 하지만 5분 정도 지났을까. 카페에 사람들이 제법 많이 들어오는 느낌이었다. 묘한 위기감이 들었다. 우리는 거의 원샷을 하고 카페를 나왔다.

코로나19 확진자의 동선을 알리는 문자가 바지 주머니 속에서 지진처럼 울렸다. 그 진동과 소음이 우리를 움츠러들게 했다. 우리가 지나갔던 골목과 상점을 확진자가 스쳐갔을 수 있다는 사실이 두려웠다. 다시 동굴로 들어갔다. 나갈 수가 없었다. 우리만 있는 게 아니니까. 아이의 안전을 두고 주사위를 굴릴 순 없었다.

한편으론 심각하게 맛탕의 비타민D 결핍이 걱정되었다. 우리나라 산모는 산욕기까지 외출을 자제하는 경향이 있는데, 여기에 코로나로 외출이 어려운 상황이 겹치니 비타민D 결핍에 빠지기 쉬운 조건이 됐다. 익히 알려진 것처럼 비타민D는 체외로 칼슘이 빠져나가는 걸 막고 흡수를 돕는다. 아이의 뼈 건강과 면역체계에 큰 영향을 주는 비타민D는 임산부와 산모들이 꼭 섭취해야 하는 필수 영양소다. 음식만으론 일일 권장량을 섭취하기 어려워 약을 복용하는 사람들이 많은데, 아내 역시 임신 때부터 비타민D 약을 먹었다. 지난번 산후 검사 이후 나는 두 가지 영양소를 고려한 칼슘(feat. 비타민D) 식단을 짰다.

⊖

우선 비타민D가 많은 연어를 먹기 좋은 크기로 잘라 손질했다. 그다음엔 연어를 재울 맛간장을 준비했다. 냄비에 간장과 물을 붓는데, 준비한 연어가 잠길 정도로 넣었다. 여기에 설탕과 물엿, 미림, 통후추, 월계수잎을 넣고 끓였다. 그동안 마늘, 양파, 파, 고추, 생강, 레몬을 잘라 준비했다. 열탕 소독을 한 유리통에 연어를 넣고 향신채들도 함께 넣은 다음, 식힌 맛간장을 재료가 잠기도록 부어주었다. 그리고 단단하게 밀봉한 후 냉장고에 고이 모셨다.

이제나 저제나 언제 연어장이 익을까 싶어 애물단지 살펴보듯 냉장고를 열었다 닫았다. 불과 하루가 지났을 때, 우리는 맛이나 한번 보자면서 참지 못하고 연어장을 꺼냈다. 하지만 기대보다 별로였다. 연어에 맛이 배어 있지 않았다.

사흘이 지나고, 이제는 때가 됐다면서 우리는 연어장을 그릇에 고이 담았다. 맛간장을 흡수한 갈색 빛깔의 연어를 칼슘이 풍부한 곤드레밥과 함께 먹었다. 씹을수록 보드라운 식감과 함께 양념의 진한 맛이 입 안을 감돌았다. 향신채들 덕분에 비린 맛은 전혀 없었고, 간장의 짠맛과 달콤함, 레몬의 새콤함이 연어 특유의 느끼함을 확실히 잡아주었다. 곤드레로 지은 고슬고슬한 밥과 연어장을 함께 먹으니 밥도둑이 따로 없었다.

코로나는 여전히 기승이고, 밖에는 무서워서 못 나갔겠고, 아내의 칼슘도 비타민D도 걱정이지만, 연어장을 먹으니 한결 기분이 나아졌다. 이런 때일수록 잘 먹어야 한다. 누가 보지 않더라도 정성 들여 구겨진 마음을 다림질하고, 자기 자신을 수시로 돌봐야 한다. 코로나는 핑계고, 아무튼 결론은 연어장이다.

○ 연어장이 산모가 먹기에 짤 것 같은 분들은 연어를 구워 드시거나, 생연어를 이용해 연어덮밥을 드시는 게 좋겠어요. 밥 위에 쯔유나 맛간장으로 간을 한 다음 연어와 고추냉이, 원하는 채소를 올리면 손쉽게 연어덮밥을 만들 수 있어요.

○ 연어는 슈퍼푸드 중 유일한 동물성 식품인데요. 우울증을 예방하는 오메가3가 풍부하고, 비타민D뿐 아니라 비타민A와 E도 함유하고 있어서 눈 건강과 면역력 강화, 피부에도 도움을 주고, 심혈관질환을 예방해줘요. 다만 연어나 참치처럼 먹이사슬의 맨 꼭대기에 있는 큰 생선은 수은 오염에 가장 크게 노출되어 있어요.[33] 그러니 많이 먹으면 결코 좋지 않아요. 그나마 섬유질이 많은 채소와 함께 먹으면 섬유질이 몸 밖으로 빠져나가는 과정에서 수은도 배출된다고 하니 참고하세요.

○ 연어 외에도 비타민D를 얻을 수 있는 식재료는 많아요. 달걀 노른자, 마른 표고버섯, 마른 목이버섯에 많고, 등 푸른 생선인 청어와 고등어 그리고 멸치에도 상당 함유되어 있어요. 하지만 먹는 것만으로 비타민D를 섭취하는 건 한계가 있어요. 제일 좋은 건 30분 이상 햇볕을 쬐는 거예요. 햇빛 한 조각보다 좋은 건 없어요.

철들었네,
파스타

비트파스타와 철분이 많은 식재료

뭐 하나에 빠지면 파고들어 덕후가 되는 기질은 육아휴직이라고 봐주지 않고 발현되었다. 그런데 어쩜 이리도 길을 잘못 들었는지, 나는 육아가 아닌 요리에 빠지고 말았다. 육아는 어느 것 하나 내 마음대로 되지 않는 혼돈 그 자체지만, 요리는 레시피대로 정확하게 하면 나름 그럴듯한 음식이 되는 게 마음에 들었다.

마꼬가 잠들고 부엌에도 밤이 내려앉은 시간, 나는 설거지를 하면서 요리 영상을 보았다. 요리 유튜버의 영상뿐 아니라 넷플릭스에 있는 요리 리얼리티쇼, 다큐멘터리, 영화를 챙겨봤다. 셰프들이 요리의 이름을 시적으로 짓고 요리에 담아낸 의도를 설명하는 모습에 푹 빠져 한동안 헤어 나오질 못했다. 물소리와 그릇들이 서로 가볍게 부딪히는 소리밖에 들리지 않는 고요한 부엌에서 요리 영상을 보고 있노라면, 묘하게 마음이 평온해졌다.

> "요리가 왜 좋은지 알아?"
>
> "왜 좋은데?"
>
> "직장 일은 예측불허잖아. 무슨 일이 생길지
>
> 짐작도 못하는데, 요리는 확실해서 좋아.
>
> 초코, 설탕, 우유, 노른자를 섞으면 크림이 되거든.
>
> 맘이 편해."
>
> ─ 영화 〈줄리&줄리아〉에서

하지만 요리가 언제나 내 마음대로 되는 건 아니다. 레시피대로 해도 매번 음식 맛이 다르고 실패하는 경우가 부지기수다. 내겐 특히 비트파스타가 그랬다. 넷플릭스 오리지널인 〈나디야의 초간단 레시피〉에 나오는 비트파스타는 예쁜 자줏빛깔만큼 레시피도 간단하고 맛도 좋다면서 프로그램 호스트인 나디야가 강력 추천한 요리다. 태어나서 비트를 한 번도 먹어보지 않았던 나는 그 맛이 몹시 궁금해 다음 날 바로 재래시장에 갔다. 한 개에 2천 원인 비트는 크기가 두툼해서 가성비가 좋아 보였다. 아내 역시 비트를 먹어본 적도, 비트파스타란 걸 본 적도 없었기 때문에 어떤 호응도 하지 못했다.

"제발 먹을 수 있었으면 좋겠다."

"놀라지나 마."

나는 호언장담을 하며 요리를 시작했다.

———○

프로그램 제목처럼 레시피는 초간단했다. 비트와 마늘, 고추, 올리브유, 소금, 레몬즙을 넣고 믹서에 갈면 소스가 끝이다. 삶은 면을 버무리면 요리도 끝. 15분이면 족하다.

식탁에 올리기 전, 간을 볼 겸 맛을 보았다. 그런데 이게 뭐지, 대체 뭔 맛이 이런가 싶었다. 호언장담이 일구무언으로 변하기까지 15분이 채 안 걸렸다. 분명 레시피대로 했는데, 비트 특유의 흙 맛이 너무 강해서 먹기 부담스러웠다. 냄새를 없애려고 후추를 뿌려봤지만 소용없었다. 어찌할 바를 몰라 소금을 더 넣었다가 간마저 짜게 되었다. 최악이었다.

면이 불면 먹지도 못할 것 같아서 일단 식탁에 올렸다. 맛탕은 자줏빛 파스타를 발견하고 환호했지만 환호가 침묵으로 변하기까진 불과 5초도 걸리지 않았다.

세상에 내 마음대로 안 되는 게 뭐 한두 가지인가 싶었지만, 이 상하게 오기가 발동했다. 나는 틈만 나면 비트파스타를 시도했다. 물론 오직 오기 때문만은 아니었다. 임신과 출산으로 철분이 절대적으로 필요한 산모에게 비트는 도움이 되는 식재료다.

관건은 비트 특유의 흙냄새를 잡는 것이었다. 비트파스타는 검색해도 레시피가 나오지 않아 혼자서 이리 해보고 저리 해보면서 연구했다. 바질페스토파스타 하듯 믹서에 간 비트를 팬에 넣어 볶아보았는데 정말 별로였다. 찜기에 찌면 비트의 흙냄새가 나아진다고 해서 해보았지만 확실한 변화를 이끌어내진 못했다. 개수대에 실패가 쌓여갔다.

화학식을 풀지 못해 낑낑대는 학자처럼 세월을 보내던 어느 날, 간식으로 먹을 사과를 썻다가 나는 문득 떠올렸다. 사람들이 사과(apple), 비트(beet), 당근(carrot)을 갈아서 ABC주스라며 마신다는 걸. 유레카! 왜 그 생각을 못했을까.

마지막이란 각오로 다시 부엌에 들어섰다. 우선 비트를 찜기에 쪘다. 이때 껍질을 벗겨서 찌면 영양소가 빠져나가기 때문에 껍질째 찌는 게 중요하다. 다 쪄진 비트를 $\frac{2}{3}$만 믹서에 넣었다. 마늘 4개와 빨간 고추, 올리브유와 소금을 넣고, 새콤함을 살리기 위해 레몬즙을 평소보다 조금 더 넣었다. 여기에 사과 $\frac{1}{3}$쪽을 추가했더니, 맛이 확실히 달라졌다. 과일의 새콤달콤함이 비트의 흙냄새를 잡은 것이다. 더하여 체내 철분 흡수율을 높이기 위해 비타민C가 풍부한 빨간 파프리카 반쪽도 추가했다. 맛을 보니 나쁘진 않은데, 이번엔 감칠맛이 부족한 것 같았다. 계획엔 없었지만 불현듯 홀그레인 머스터드가 잘 어울릴 것 같아서 한 스푼을 넣었더니, 맛의 공백을 채웠다. 완성한 소스에 삶은 면을 버무리고 새하얀 그릇에 담았다.

가니시로 뭘 할까 고민하다가 냉장고에 있던 깻잎을 활용했다. 유독 한국에서만 소비되는 깻잎은 각종 미네랄이 풍부한 걸로 알려져 있다. 철분 역시 많아서 콘셉트에 잘 어울릴 것 같았다. 색감과 향을 위해 레몬 제스트를 뿌려 요리를 완성했다.

면의 열기로 살짝 데워진 파스타에 소스를 듬뿍 묻혀 입에 넣었다. 비트의 아삭거리는 식감이 면발과 어우러져 입 안에서 물결치듯 움직였다. 비트의 향은 과일의 새콤달콤함이 잡아주고, 과일의 단맛은 마늘과 고추, 파프리카의 알싸함이 잡아줬다. 홀그레인 머스터드가 이 모든 맛이 흩어지지 않고 서로 어울리도록 도와줘 전체적으로 밸런스가 훌륭했다. 깻잎과 레몬 제스트도 비트의 향을 해치지 않고 적절하게 어울렸다. 괜찮았다. 지난 실패의 여정이 떠올라 더 맛있게 느껴졌다.

아내는 포크를 내려놓으며 어떤 마법을 부렸냐면서 놀라워했다. 나는 비법을 말해주지 않고 잘난 척을 좀 했다. 아니, 꽤 많이 했다. 셰프들은 자신의 요리에 이름을 붙이곤 하던데, 정성을 쏟은 이 요리에 나도 이름을 지어주고 싶었다.

1. 산모를 위한 철분 파스타
2. 아이언 파스타
3. 자우림(자줏빛 비가 내리는 숲)

"어때?"
아내는 가당치 않다는 듯 고개를 가로로 저었다.
"뭐랄까. 쉬웠으면 좋겠는데. 영어 이름 말고 한글이면 좋겠고."

"한글? 그러면 철분 파스타? 피 건강 파스타?"

아내는 대수롭지 않게 의견을 냈다.

"예를 들면, 그런 거 있잖아. 토토가 철들었네."

"아?!"

어쩌면 내 계획대로 되지 않고 내 마음대로 되지 않아서 가끔은 인생이 더 재밌는 게 아닐까. 그래, 계획에 없던 아이가 태어나며 마꼬 덕분에 내가 철들었지. 나는 맛탕의 아이디어가 마음에 들었다. 우리는 그렇게 파스타 이름을 지었다.

이름하여, '철들었네, 파스타!'

○ 아이는 체내에 6개월 치의 철분을 갖고 태어나요. 때문에 아이의 철분을 보충하기 위해 수유모가 굳이 철분이 많은 음식을 챙겨먹을 필요는 없어요. 6개월 이후에는 이유식으로 철분을 보충해주면 되고요. 다만 엄마가 수유 중 빈혈이 심하다면 음식과 보충제로 철분을 보충해주시면 되겠어요.

○ 철분도 체내 흡수율만 따진다면 고기가 채소보다 높지만, 비타민C를 곁들여 먹으면 채소만으로도 흡수율이 높아져요. 대부분의 채소에는 비타민이 있기 때문에 채소만 골고루 먹어도 철분 결핍은 일어나지 않아요.

○ 비트는 '땅속에 흐르는 피'라는 별명이 있을 정도로 철분과 엽산, 비타민이 풍부해 적혈구를 생성하고 혈액을 깨끗하게 하는 효능이 있어요. 붉은색의 베타인 색소는 항산화 작용을 하여 암을 예방하고 염증을 완화시켜줘요.[34]

○ 채소는 비타민과 미네랄의 보물창고이면서 유제품에 쓸데없이 많은 지방, 콜레스테롤, 락토오스, 호르몬 성분을 조금도 함유하지 않는다는 점에서 이점이 많아요.[35] 농촌진흥청 국립농업과학원에서 발간한 식품 성분 관련 자료를 보면서 철분이 많은 채소와 해조류를 정리해봤어요. 수치는 100g 기준 mg을 표시한 거예요. 도움이 되셨으면 좋겠네요.

적비트 뿌리 생것 5.9
들기름 5.38
들깨 말린 것 7.74
잣 말린 것 15.9
참깨(흰) 말린 것 8.04
깨소금 볶은 것 19.0
얼린 두부 7.5
검정콩조림 28.2
고수 생것 21.4
냉이 생것 13.24
고춧잎 말린 것 31.61
무말랭이무침 18.1
로메인 생것 8.7
쑥 생것 8.14

쑥 말린 것 78.15
파슬리 말린 것 22.04
석이버섯 말린 것 222.83
오미자 농축액 5.1
돌김 말린 것 18.6
매생이 생것 18.3
매생이 말린 것 43.1
모자반 말린 것 67.3
미역 말린 것 9.1
미역튀각 11.75
청태 말린 것 320
톳 말린 것 76.2
파래 말린 것 17.2 [36]

산욕기를 마치는
우리의 자세

우엉잡채

브런치에서 덴마크에 사는 한국 여성의 산후조리 관련 글(@nal mada123)을 본 적 있다. 한국 국적의 그녀는 덴마크 국적의 남편에게 친정인 한국에서 아이를 낳는 건 어떨지 떠본 적이 있다고 했다. 그러자 남편이 진심으로 서운해했다고 한다. 아이를 낳는 일은 아빠에게도 생애 최고의 사건이며, 그 기회를 무엇과도 바꿀 수 없다는 것이었다.

덴마크에선 아내의 '진통이 시작될 때부터 분만 과정, 그리고 출산 후 몸조리까지' 남편이 책임진다고 한다.[37] 실제로 그 덴마크 남편은 아내에게 미역국을 배워서 산후조리 기간 동안 끓여줬다고 했다. 문화적 차이를 감안하더라도 그 글을 보고 나는 생각이 많아졌다.

　주변을 둘러봐도 남편이 아내의 몸조리를 해줬다는 이야기를 들어본 적 없다. 친정 엄마나 시어머니가 아니면 산모는 미역국 끓일 시간조차 나지 않는다. 울고 보채는 아이를 달래느라 산모가 기진맥진한 사이, 남편들은 무얼 하고 있는 걸까. 당연한 얘기겠지만, 아마도 일을 하고 있을 거다. 밤새 아이를 안아주다가 아이 분유와 기저귀 값을 벌기 위해 졸린 눈을 비벼가며 일을 하고 있을 거다. 회사에서 집에서 고생하는 아빠들을 책망할 마음은 없다. 다만 나는 궁금할 뿐이다. 아이가 태어났는데, 왜 아빠들은 일하고 있어야 할까.

　남성 생계 부양자 모델에 기초해 성장한 한국 사회는 여전히 덴마크 남편이 한국 아내를 위해 미역국을 끓여주는 걸 이해하지 못하는 듯하다. 현실에서 불가능한 일이 아니다. 단지 먼 나라 얘기라고 치부할 게 아니다. 남자에게도 육아할 권리가 있고, 가족을 대표해 아이를 출산한 아내를 돌볼 의무가 있다.

　나와 아내는 우리의 육아가 성평등 하길 바랐다. 기뻐해야 할 출산과 육아로 부부 중 한 명이 자신의 인생을 잃어버리는 일은 없길 원했다. 다만 산모의 산욕기까진 남편이 좀 더 고생을 해야 한다.

　표준국어대사전에선 산욕기를 이렇게 정의한다. '해산으로 인한 상처가 완전히 낫고, 자궁이 평상시 상태가 되며 신체의 각 기관이 임신 전의 상태로 회복되기까지의 기간'으로 약 6주(길면 8주)를 이른다. 나는 맛탕이 몸을 회복하는 데만 신경 쓸 수 있도록 모유수유를 제외하곤 육아와 집안일을 전담했다. 평소에도 집안일을 부부가 함께 해온 터라 어렵진 않았지만 둘이서 하던 걸 혼자 하려니 숨이 턱턱 막혔다.

마꼬 육아에, 포카 산책에(하루 2회), 집안일과 산후조리 식사까지, 매일 철인 3종 경기를 뛰는 기분이었다. 활동량을 증명하듯 당시 체중이 4kg 빠졌다. 그에 반해 맛탕은 아주 조금씩 기운을 차렸다. 하루 한 장 일력을 찢는 느낌으로 나는 산욕기가 끝나는 날만 노려봤다. 그때가 되면 바통 터치하듯 아내가 벌떡 일어설 거라 믿었다.

드디어 그날이 왔다. 오늘부로 산욕기가 끝났다. 나는 맛탕에게 소식을 알리며 이제 슬슬 몸을 움직여야 한다고 말했다. 기다렸다는 듯 아내는 작업복으로 옷을 갈아입고 마당으로 나섰다. 그동안 신경 쓰지 못했던 화분들이 못내 마음에 걸렸던지 분갈이를 하기 시작했다. 무거운 화분을 척척 들고 흙을 푸고 시든 잎을 떼어 내고 흠뻑 물을 주었다. 그런데 저녁이 되자 아내는 허리와 골반이 아프다며 드러누워 옴짝달싹 못했다.

42일이 지났으니 산욕기가 지난 건 맞다. 하지만 무 자르듯 하루가 지났다고 몸이 완전히 회복될 리는 없었다. 표준국어대사전의 정의와 달리, 책 『자연주의 산후조리』에 따르면 산욕기는 신체가 회복되는 시기일 뿐, 일상생활로의 복귀는 최소 100일을 잡아야 한다고 기술되어 있다.

실제로 당시 맛탕은 겉보기엔 멀쩡해 보였지만 조금만 무리하면 힘들어했다. 면역력이 떨어져 속이 더부룩하다는 얘기도 자주 했다. 그럴 때면 죽이나 누룽지를 끓여줬는데, 그건 미봉책일 뿐이었다.

위장에 좋은 식재료를 찾다가 우연히 발견한 게 우엉이었다. 초식동물의 투박한 뿔처럼 생긴 우엉은 혈당 조절력이 뛰어나 당뇨에 이롭다는 걸 익히 알고 있었다. 그런데 우엉이 프로바이오틱스처럼 장 속 유익균의 먹이가 되어 장을 청소한다는 사실은 이번에 처음 알았다. 위장이 건강하면 자궁 역시 건강해진다고 한다. 나는 종종 맛탕에게 우엉 요리를 해주기 시작했다. 주로 우엉밥과 우엉조림을 했는데, 우엉잡채도 있다기에 유튜브에서 레시피를 참고해 시도했다.

우선 재료 손질부터 했다. 우엉을 길게 채 썬 다음 함께 먹을 당근과 풋고추, 파프리카도 길게 채 썰었다. 단백질이자 감칠맛 담당은 돼지고기를 사용했다. 우엉과 돼지고기는 궁합이 좋다. 알칼리성인 우엉이 산성인 돼지고기를 중화시킬 뿐 아니라 우엉 특유의 향이 돼지고기 누린내를 제거해준다.

기본적으로 조리 방법은 간단했다. 소금, 후추로 간을 한 돼지고기를 팬에 먼저 볶고 다음으로 우엉을 볶았다. 당근과 풋고추, 파프리카 순으로 조리하면 된다. 중간중간 진간장 1큰술과 매실액 1작은술로 간을 해주고 마지막에 후추와 참깨, 참기름을 뿌려주었다. 개인적으로 내 입맛엔 간장 베이스의 요리들이 느끼해서 다진 마늘을 조금 넣어 맛의 조화를 잡아주었다.

"이제 뭘 해도 맛있네."

늘 내 요리의 실험 대상이었던 맛탕이 내 음식을 좋아하는 날이 오다니!

나도 우엉잡채가 좋았다. 가늘게 채 썬 우엉의 식감이 면을 먹는 것 같아서 재밌었고, 씹을수록 입 안을 가득 채우는 우엉 특유의 달콤함이 마음에 들었다. 간장과 참기름만으로도 우엉에 깊은 풍미가 배어 조리 방법은 간단해도 그 맛은 결코 간단치 않은 훌륭한 요리였다. 숱한 실패와 민망함, 구차함 따윈 잊어버리고 나는 거만을 떨었다.

"그렇지? 나만 그렇게 생각하는 게 아니지?"

아내는 어이없어하면서도 내 노력을 가상히 여겼다.

"나도 조금씩 다시 움직일 거야. 지금은 토토가 너무 힘드니까."

"산욕기가 지나긴 했지만, 아직은 무리하면 안 되나 봐."

나는 한 손으로 마꼬를 안고, 한 손으로 밥을 먹었다. 아내는 그런 나를 보며 말했다.

"기다려줘서 고마워."

우리가 식사하는 동안 마꼬는 침을 똑똑 흘리며 잠투정을 했다. 무엇과도 바꿀 수 없는 생애 최고의 사건이 내 품에서 새근거렸다. 산욕기의 일력이 조용히 우리를 지나가고 있었다.

○ 우엉을 건강하게 먹으려면 껍질을 벗기면 안 된다고 해요. 전 그것도 모르고 껍질을 몽땅 벗겼어요. 껍질을 많이 벗기면 영양분이 손실될 뿐 아니라 우엉 특유의 향을 느낄 수가 없어요. 수세미나 칫솔을 사용해 흙과 이물질을 털어낼 정도만 손질하세요.

○ 식이섬유는 채소류 중 우엉이 으뜸이라 할 수 있는데요. 우엉에 함유된 유산균의 먹이인 프락토올리고당은 유해균 억제와 유익균 증식에 도움을 줘 간접적으로 장의 연동운동을 촉진시킬 수 있어요.[38] 우엉 단면에 있는 끈적한 리그닌 성분도 큰 도움을 줘요. 장내 독소와 노폐물을 흡착해 몸 밖으로 배출해줘요. 장이 건강해야 면역력이 높아지기 때문에 우엉 같은 식이섬유가 풍부한 채소를 많이 먹는 게 좋겠어요. 다만 우엉은 차가운 성질이기 때문에 추위를 많이 타는 산모는 피하는 게 좋아요.

| 3장 |

아이는 저절로
크지 않는다

살림과 육아를 하며 생각한 것들

나는 개를 키워서도
아이를 길러서도 안 되었다

콩국수

"드라마 〈시그널〉처럼 시대를 초월하여 무전기로 연락할 수 있다면, 당신은 누구에게 말을 걸겠습니까?"

점심으로 콩국수를 먹고, 잠든 마꼬 몰래 맛탕과 티비를 봤다. 예능 프로그램에서 사회자가 게스트에게 마지막 질문을 하고 있었다. 게스트는 잠시 고민에 빠졌다. 그걸 비웃기라도 하듯 후회 전문가인 나는 망설이지 않고 답했다.

"포카를 처음 입양하던 날의 나에게 얘기하고 싶어."

맛탕은 나를 돌아보며 '네가 거기서 왜 대답해?'라는 표정을 지었다. 개의치 않고 나는 다음 대답을 했다.

"정신 똑바로 차리라고 할 것 같아."

아내는 벙쪄서 물었다.

"왜? 후회돼?"

나는 담담하게 고개를 끄덕였다.

"포카를 만난 게?"

"아니. 포카를 만난 걸 후회한 적은 단 한 번도 없어. 다만⋯."

"다만⋯?"

나는 '다만' 이후의 말줄임표에 대해 이야기를 하기 시작했다.

포카를 처음 만난 건 5년 전 가을이었다. 보호소에서 태어난 포카는 입양처를 구하기 전까지 우리 집에 임시보호차 왔다. 불과 두 달이 채 안 된 새끼 강아지였다. 뒤뚱거리며 걷는 게 꼭 작고 까만 털 뭉치 같았다. 손톱처럼 작은 핑크색 혓바닥으로 물을 마셨고, 이빨이 가려워 작은 공을 깨작거리며 깨물었다. 천방지축으로 온 집 안을 헤집고 다니다가 별안간 까무룩 잠들기도 했다. 새근새근 잠든 포카를 보고 있으면 하늘에서 별이 쏟아지는 느낌이었다. 과장이 아니다. 온 우주가 이 까만 강아지에게 축복을 내려주는 듯했다.

우리 부부의 임무는 포카가 미국에 갈 때까지 보살피는 것이었다. 하지만 이 작은 걸 비행기에 태워 바다 건너로 보낼 생각을 하니 돌덩이를 삼킨 듯 점점 가슴이 무거워졌다. 우리 집에 올 때까지 이미 임시보호처를 세 번 바꾼 상태였다. 엄마 없이 자신을 거둬줄 이를 찾아 떠돌아다녔을 이 녀석이 계속 마음에 걸렸다.

무엇보다 사회화 시기가 문제였다. 동물행동학자 이안 던바 박사에 따르면, 강아지의 가장 중요한 1차 사회화 시기는 3~8주로 이때 어미 견과 동배를 통해 동족 간의 언어를 습득해야 한다. 포카는 어미 견과 떨어지며 그 기회를 놓쳤다. 2차 사회화 시기는 8~12주 길게는 16주까지인데, 이때 인간 혹은 이종 간의 언어를 배워야 한다. 하지만 한국에선 5차 예방접종이 끝나는 16주까지 외출을 금해야 한다는 의견이 지배적이었다.

맛탕은 1차 사회화 시기는 놓쳤지만 2차만이라도 포카를 챙겨주고 싶어 했다. 포카처럼 예민하고 에너지 넘치는 강아지는 이 시기 동안 많은 강아지를 만나야 사회화가 될 수 있기 때문이다. 하지만 포카의 임시보호와 입양을 결정하는 기관에선 외출을 허락해주지 않았다. 산책을 하다가 강아지가 다치거나 잃어버린 경우가 많았던 것이다. 입양을 한 정식 보호자라면 몰라도, 임시보호를 하는 경우엔 기관의 의견을 따라야 했다.

시간은 계속 가고 있었다. 포카의 사회화 시기는 얼마 남지 않은 상태였다. 아내는 겉으론 얘기하지 않았지만 속으론 입양을 생각하는 듯했다. 개를 키워본 경험이 많은 아내와 달리 동물을 내 손으로 직접 양육해본 적 없던 나는 고민할 시간이 필요했다. 무엇을 고민해야 하는지도 모르고 고민을 열심히 했다. 그때 나는 이 어린것이 겪은 세 번의 작별과 또다시 미국에서 적응해야 하는 상황만 생각했다. 우습게도 제일 중요한 사안은 고려하지 못했다.

'내가 강아지를 잘 키울 수 있을까?'

나의 근무 조건과 주거환경이 현재 강아지를 키울 수 있는 상황인지, 포인터 믹스의 개는 어떤 종특이 있고 어떻게 해야 인간 사회에서 어울려 살아갈 수 있을지, 나는 고민하지 않았다. 오직 측은지심뿐이었다.

어쩜 어릴 적 내 모습과 하나도 달라지지 않았을까. 초등학교 저학년 때, 부모님을 졸라 충무로 펫샵에서 토이 푸들을 데려온 적이 있었다. 늘 곁에 두고 예뻐했지만 내가 강아지를 돌보진 않았다. 밥을 준 적도 배변을 치운 적도 없었다. 주 양육자였던 엄마가 긴 투병을 시작하며 강아지는 집안 어른들에 의해 다른 집으로 가게 됐다. 학교에서 돌아온 형과 나는 울고불고 난리를 쳤지만 우리가 강아지를 키우겠다는 말은 하지 못했다. 예뻐하는 것 말고는 할 줄 아는 게 없었다.

포카를 입양하고 나서도 마찬가지였다. 측은지심에 입양을 결정한 나는 개를 어떻게 키워야 할지 몰랐다. 반면 아내는 놓쳐버린 포카의 사회화 시기를 만회하기 위해 일을 줄이고 포카 양육에 전념했다. 산책을 하루에 두 번씩 하며 산책 중인 개와 인사하게 하고, 주마다 반려견 놀이터에 가서 친구들과 놀게 했다. 포카에게 친구를 만들어주기 위해 트위터를 시작했고, 성향이 비슷해 보이면 그곳이 어디라도 차를 끌고 포카를 데리고 다녔다.

하지만 종특과 기질 상 예민하고 거칠고 에너지 넘치는 포카와 잘 어울리는 친구를 찾기란 쉽지 않았다. 사회화 시기를 놓치는 바람에 친구들과 섞이지 못하고 싸우는 경우도 많았다. 아내가 포카를 데리고 놀러 나갔다가 속상해하면서 집에 돌아온 적이 한두 번이 아니었다. 분리불안까지 생겨 온 집 안을 엉망으로 만들기도 했다. 단적으로 말하자면, 장판을 네 번 교체했다. 오늘은 또 무슨 일이 일어날지 하루하루가 스펙터클 했다.

그런데 당시 나는 아내를 도와주진 못할망정, 산책을 꼭 해야 하는 거냐며 짜증을 냈다. 야근하고 돌아와 힘든데 이 시간에 산책을 가야 하냐며 화내기도 했다. 그저 개는 밥 주고 대소변 치우고 목욕시켜주면 다인 줄 알았다. 왜 강아지를 산책시켜야 하는지, 왜 강아지에게 친구가 필요한지, 이해하려고 노력하지 않았다. 내 몸이 피곤한 게 먼저였다. 포카보다 내 감정이 앞섰다.

나는 개를 키우면 안 되었다. 한 생명을 책임지고 키워낼 준비가 되어 있지 않았다. 나는 아이를 길러서도 안 되었다. 내가 아이를 기를 준비가 되었는지 고민해본 적이 없었다. 그럼에도 막연히 아이가 있으면 좋겠다는 마음으로 아내를 졸랐다. 다행히 아내는 아이를 원하지 않았다. 이 세상에서 아이를 잘 키울 자신이 없고 했다.

그즈음 방송된 EBS 〈세상에 나쁜 개는 없다〉를 아내가 자주 보여줬다. 방송에 나오는 보호자들처럼 난 얼굴이 화끈거렸다. 그 프로그램을 통해 나는 반려견에 대해 조금씩 이해하게 됐다. 포카는 아무 잘못이 없었다. 모두 내 잘못이었다.

그간 포카에게 잘해주지 못한 걸 만회하기 위해 부단히 노력했다. 하루 두 번 산책 중 저녁 산책은 내가 담당했다. 야근을 하든

모임이 있든 늦어도 10시까진 칼 같이 집에 와서 포카와 산책을 했다. 주말에는 긴 시간을 들여 포카와 산책하거나 반려견 놀이터에 갔다. 여행을 갈 때도 포카와 늘 함께 다녔다. 장판을 뜯건 신발을 망가뜨리건 화내지 않고 포카의 분리불안이 해소될 수 있도록 교육에 신경 썼다.

아내와 오랜 고민 끝에 아이를 낳지 않기로 결정하고 나선 집을 이사했다. 유동인구가 많은 동네를 떠나 산 아랫자락에 있는 조용한 마을에 터를 잡았다. 올해로 반백 년 된 낡은 주택을 뜯어고쳤다. 이 집을 선택한 건 온전히 포카를 위해서였다. 일반 아파트의 베란다 정도 크기밖에 안 되는 마당이지만, 포카에게 꼭 마당을 선물해주고 싶었다. 포카가 마당을 힘차게 달릴 때면 그렇게 기쁠 수가 없었다.

한 생명을 책임진다는 것이 얼마나 큰 무게인지 비로소 이해하게 되었을 즈음, 깨달음에 대한 선물처럼 우리 부부에게 마꼬가 생겼다. 계획에 없던 아이라서 한편으론 겁도 났고 두렵기도 했지만, 포카를 처음 입양했을 때와 비교하면 나는 달라져 있었다. 그때의 아내처럼 나는 마꼬의 육아에 전념하기 위해 육아휴직을 냈다. 한 생명을 키우려면 사랑만 갖고 되지 않는다는 걸 경험했기 때문이다.

나는 요즘 의식적으로 아동학대와 동물 유기에 대한 기사를 지켜보고 있다. 보건복지부 「2019년 아동학대 주요 통계」에 따르면 아동학대의 79.5%가 가정 내에서 발생했다. 또한 농림축산검역본부「2020년 반려동물 보호·복지 실태조사」에 따르면 보호자로부터 유기되는 반려동물은 하루 평균 357마리나 된다고 한다.

아동학대를 하는 부모도, 반려견을 유기하는 보호자도 한때 아이를 사랑하고 강아지를 예뻐했을 거란 사실은 전혀 놀랍지 않다. 막연한 호기심과 무책임한 사랑이 때론 얼마나 끔찍한 결과를 낳게 되는지 이제 나는 조금 알 것 같다.

만약 포카를 입양하는 날의 나에게 연락할 수만 있다면 지금까지의 이야기를 들려주고 싶다. 당신은 개를 키워서도 아이를 길러서도 안 된다고 말이다. 한 생명을 책임지기 위한 삶의 무게가 얼마나 무거운지 정확히 알려주고 싶다. 아내를 통해 내가 울면서 배웠던 것처럼.

'다만' 이후의 말줄임표에 대해 쭈욱 들은 맛탕은 생각난다는 듯 고개를 들고 대꾸했다.

"그래. 그때는 진짜 별로였어."

내가 나 스스로를 별로라고 말하는 것과 누군가가 나를 별로라고 말하는 것은 천지차이다. 하지만 그 상대가 아내라면 인정할 수밖에 없다. 아내는 내가 존경하는 거의 유일한 사람이다.

아내는 정리되지 않은 문장을 입 안에 머금고 있다가 숨을 뱉듯 조용히 말했다.

"잘했어. 우리, 포카 잘 키웠어."

이야기가 끝나길 기다렸다는 듯 포카가 우리 사이로 파고들어 몸을 동그랗게 말았다. 우리는 익숙한 손길로 포카의 털을 부드럽게 쓰다듬었다. 부족한 우리를 만나 잘 자라줘서 고마웠다.

엄마는 이제 배달음식을
시켜 먹는다

스위스식 감자전 뢰스티

비가 와서 전이 당길 때면 맛탕은 당연한 듯 나를 시켰다.

"토토네 집에선 내가 만드니까, 오늘은 날 위해서 해줘."

나는 빚진 사람처럼 군말 않고 아내의 청을 들어줬다.

어렸을 때부터 보고 배운 게 있어선지, 요리 초보임에도 나는 전 만큼은 도통하였다. 우리는 주로 김치전, 부추전, 해물파전을 즐겼다. 하지만 내가 진짜 먹고 싶었던 것은 따로 있었다. 그것은 제사상의 전들이었다. 엄마가 해주던 배추전, 깻잎전, 두부전, 동그랑땡, 동태전을 나는 무척 사랑했다.

하지만 맛탕은 제사와 명절 때마다 시댁에서 전 부치는 것에 이력이 났다. 노동 강도가 높아서가 아니다. 여자들은 좁고 더운 부엌에서 씩씩거리며 일하는데, 남자들은 거실에서 희희거리며 TV 보는 모습을 보고 싶지 않았던 거다. 특히 아내는 몇 해 전 추석특집으로 방영된 〈진짜 사나이 300〉에서 여자들이 입대하여 좌충우돌하는 모습을 보고 집안 남자들이 비웃던 걸 잊을 수 없다고 했다. 남자들이 구축한 군대란 세계에 들어가 진흙탕을 뒹굴고 얼차려 받는 여자 연예인들과, 가부장제가 만들어놓은 명절과 제사를 위해 남편 집에 들어가 전을 부치는 자신이 오버랩되어 TV 속 그녀들에게 쏟아진 비웃음이 마치 자신에게 퍼부어진 것처럼 속상했다고 한다.

대학 시절, 여성운동을 할 때만 해도 맛탕은 몰랐을 거다. 자신이 '가부장제의 부역자'란 소리를 들으며 결혼할 줄도 몰랐을 거고, 결혼해서 제사나 차례를 지내야 할 줄도 몰랐을 거고, 평생 그림만 그릴 줄 알았지 명절마다 프라이팬에 그림 같은 전을 부칠 줄은 꿈에도 몰랐을 거다.

맛탕의 성향을 알기에 나는 결혼 전부터 제사나 명절이면 부엌에 들어가 잡일을 거들었다. 엄마는 손 필요 없다면서 나가라고 했지만 나는 끈덕지게 부엌에 눌어붙었다. 일종의 밑밥을 깔아둘 심산이었다. 결혼 후엔 자연스럽게 아내와 함께 나도 일했다. 부엌뿐 아니라 집 청소, 손님 접대까지 하니 어쩌면 내가 더 정신없었다. 하지만 내겐 아무도 그러라고 강요하지 않았다. 오히려 엄마는 거실에 가서 쉬라고 했다. 아내에게 쉬라고 하는 사람은 아무도 없었다.

며느리가 쉴 수 있는 공식적인 이유는 임신밖에 없었다. 마치 전 부치는 것과 아이 낳는 것 외에 다른 삶은 없는 것처럼 아내는 명절로부터 자유롭지 못했다. 그런 아내의 마음을 달래기 위해 나는 명절마다 더 열심히 일했지만 그러면 그럴수록 아내는 자괴감에 빠졌다.

'이렇게 나를 챙겨주는 남편이 있는데, 왜 나는 참을 수가 없을까?'

말로 설명할 수 없는 억울함을 표현하기 위해 아내는 나 몰래 독립출판물을 냈다. 가부장제를 비판하는 글을 모은 건데, 나와 내 가족에 대해 쓴 책이었다. 나도 한번 보고 싶다고 했지만 아내는 다 팔렸다면서 보여주지 않았다(다 팔리지 않았다. 아내의 작업실에 쌓여 있는 걸 목격한 바 있다). 얼마나 속상했길래 그랬을까 싶다가도, 그렇게라도 해서 풀린다면 베스트셀러가 돼도 상관없다고 생각했다(기왕 다 팔렸으면 좋겠다).

그때의 아내 마음을 온전히 이해하게 된 건 한참 후였다. 아내의 책장에서 우연히 보게 된 어느 책의 한 문장 덕분이었다.

남편은 내가 부탁하는 것이라면 무엇이든 들어주려 한다.
하지만 운을 떼는 건 언제나 나다.

—도리스 레싱, 에이드리언 리치 외, 『분노와 애정』(시대의창, 2018)

지금껏 아내를 따라 성평등 한 척했지만 나는 세상이 주는 특혜에 익숙한 사람이다. 아내가 명절과 제사 때문에 힘들다고 해도 그 짐을 함께 드는 걸로 내 몫을 대신했지, 내가 먼저 아내에게 하지 말자고 한 적은 없었다. 결혼 후 아내는 계속 그 짐을 내려놓고 싶어 했지만 나는 구순의 할머니가 돌아가시기 전까진 바뀌기 어려울 거라는 대답만 되풀이했다.

그렇게 6년이 지난 어느 날, 명절을 한 달 앞두고 맛탕은 공덕역 족발골목에서 소주를 먹다 말고 이렇게 말했다.

"나는 이제 명절에 안 갈 거야. 만일 아이가 생긴다면 남자, 여자로 나뉘진 지금의 모습을 보여주고 싶지 않아."

나는 족발을 먹다 말고 그릇에 공손히 두었다. 당시엔 아이를 가질지 말지 고민하던 때라 나는 아내의 문제 제기를 더 심각하게 받아들였다.

"어떻게 하면 좋겠어? 이번부터 안 갈 생각이야?"

아내는 그렇다고 답했고, 나는 잠깐 고민하다가 그러자고 했다. 아내는 이제 유일하게 남은 대안은 이것뿐이라고 했다.

"여자와 남자 같이 음식을 안 하거나, 같이 하거나."

풀 수 없는 숙제를 받은 나는 몇 날 며칠을 끙끙댔다. 명절이 조금씩 다가오고 있었다. 그동안 나는 엄마에게 음식을 만들지 말고 이제 그만 사 먹자는 이야기를 숱하게 했다. 하지만 남자 어른들에게 당신들도 주방에서 일해야 한다고 말해본 적은 없었다. 상상만 해도 오금이 저렸다. 장남인 형은 제사와 명절을 늘 부담스러

위했으나 결정권자는 아니었다. 구순의 할머니는 돌아설 가능성이 없었고, 장남인 아버지 역시 전통을 중시하는 분이었다. 키를 쥔 건 엄마였다. 엄마를 내 편으로 만들어야 할머니와 아버지가 돌아설 수 있을 것 같았다. 어떻게 말을 꺼내야 할지 고민하고 있는데, 마치 그만 고민하라는 듯 엄마에게서 대뜸 전화가 왔다.

나는 뜸을 들이다가 솔직하게 얘기했다. 우리 부부가 지난 6년 동안 겪었던 고민과 갈등을 처음으로 엄마에게 밝혔다. 아이가 생긴다면 이런 차별적인 모습을 보여주고 싶지 않다고 했다. 이에 대한 대안으로(나는 이 대목에서 침을 꼴깍 삼켰다) 여자 어른과 남자 어른이 모두 음식을 하거나, 하지 않거나 둘 중 하나를 택하면 좋겠다고 제안했다. 우리가 이런 제안을 하는 건 전통을 무시하는 게 아니라 지금 시대에 맞게 의미를 이어가려는 고민에서부터 비롯된 거라는 각주를 달았다.

처음에 엄마는 우스워하며 그냥 넘기려고 했다. 하지만 내가 제법 진지하게 이야기하자 엄마는 무슨 말도 안 되는 소릴 하냐면서 길길이 뛰었다. 이 정도로 남자들이 '도와주는' 집이 어딨냐고 했고, 주방이 좁은데 어떻게 음식을 다 같이 하냐면서 그건 현실적으로 불가능하다고 했다. 그렇다면 나는 다 같이 안 하는 방법을 택하면 되지 않겠냐고 반문했다. 엄마도 이제 나이가 있어서 명절이 끝나면 일주일 내내 아프지 않냐면서 설득하려 했다.

내 얘기를 한참 듣던 엄마는 자신은 괜찮다고 딱 잘라 말했다. 아직은 팔팔하니 걱정일랑 하지 말라고 했다. 다만 너희가 그렇게까지 힘들어할 줄은 미처 몰랐다며 엄마는 미안하다고 했다.

"나도 시집살이 해봤고, 그래서 너희에겐 안 그러려고 하는데, 내가 부족한가 보다."

나는 엄마가 미안할 일이 아니라고 했지만, 엄마는 미안해했다.

며칠 후, 엄마는 아버지와 논의를 마쳤고 할머니는 본인이 설득했다고 전화했다. 집안 친척들에겐 할아버지 제사 때 모여 아버지가 설명했다. 전통만을 중시할 것 같던 아버지는 며느리의 고민을 풀어주고자 적극적으로 나섰다. 아버지는 시대가 변했으니 이제 집에서 제사와 차례를 지내지 않는 것이 좋겠다며 친척들에게 의견을 구했다. 친척들도 그간 며느리들이 너무 고생 많았다며 엄마와 아버지의 의견을 따랐다. 다만 가족끼리 모이는 것까지 없앨 순 없으니, 대신 절에서 제사나 차례를 지내는 걸로 합의를 보았다.

아내의 문제 제기로부터 불과 한 달이 되지 않아 내려진 결정이었다. 남자 어른들이 함께 일하는 것은 논의가 되지 않은 한계가 있었지만 가족 누구도 상처 받지 않고 다투지 않고 문제를 해결할 수 있었다. 아내의 용기와 엄마의 결단 덕이었다. 우리 부부는 얼떨떨해하며 엄마에게 감사하다고 말했다. 엄마는 담담히 괜찮다고 했다. 25살에 시집와서 미우나 고우나 37년 동안 했던 일을 엄마는 며느리와 아들을 위해 스스로 문 닫았다.

하지만 뒤도 안 돌아볼 것처럼 칼 같던 엄마의 마음은 자꾸만 휘청였다. 엄마는 그 후로도 몇 번 잘한 선택인지 모르겠다고 푸념했다. 그럴 때마다 나는 엄마에게 힘을 실어드렸다.

"그렇지? 요즘엔 그렇게도 많이 하니까."

엄마는 그렇게 말하면서도 섭섭한 목소리로 전화를 끊곤 했다. 정년 퇴직자의 마음이 꼭 그런 거겠지.

———○

그 후론 제삿밥을 먹을 일이 없었다. 아내의 산후조리 기간 동안 가끔 전이 생각날 때면 우리 부부는 감자전이나 감자채전(뢰스티)을 해 먹었다. 다른 전들은 정제 밀가루를 사용해야 해서 웬만하면 산모에게 먹이고 싶지 않았다. 감자전과 감자채전은 감자가 함유한 전분 때문에 밀가루를 넣을 필요가 없는 착한 전이라 종종 요리했다.

우선 감자를 얇게 채 썬 다음, 파르메산 치즈가루를 골고루 뿌렸다. 소금 대신 치즈가루로 간을 해주는 것인데, 이렇게 하면 감자끼리 더 잘 뭉치는 효과를 볼 수 있다. 팬에 기름을 두르고 채 썬 감자를 누룽지처럼 편평하게 펴서 모양을 잡아주었다.

이제 이때부터가 중요하다. 전을 할 때는 불 세기를 최대로 해야 한다. 전은 기름에 굽는 게 아니라 튀기듯 조리해야 맛있다. 중불로 천천히 구우면 기름이 전에 스며들어 눅눅하고 기름지기 십상이다. 그에 반해 강불에서 튀기듯 빨리 조리하면 전이 튀김처럼 바삭해진다. 기름이 타서 연기가 나지 않도록 불 조절에 주의를 기울이며 감자채전을 앞뒤로 바삭하게 부쳤다. 같은 팬에 달걀프라이를 한 다음, 감자채전 위에 베이컨과 달걀프라이를 예쁘게 올리면 스위스식 감자전인 뢰스티 완성이다.

　우리 부부는 감자전의 쫄깃함만큼이나 감자채전의 바삭함을 사랑했다. 감자채전만 먹어도 이미 맛있는데, 베이컨의 짭조름함과 치즈의 감칠맛, 달걀의 고소함까지 더해져 완벽한 조화를 이뤘다. 조상이 스위스인이 아니고선 제사상에 올라갈 리 없는 뢰스티를 먹으며 나는 우리를(정확히는 아내를) 괴롭혔던 그 모든 것들로부터 완벽히 벗어났다는 사실을 새삼 실감하곤 했다.

　가끔씩 생각한다. 그 경험이 엄마에게는 어떻게 남았을까.

　가부장제가 불편하고 제사와 명절이 여자들을 착취하는 구조가 싫었음에도 불구하고, 나는 엄마가 부쳐준 전을 사랑했다. 소고기 뭇국과 삼색나물, 닭백숙과 조기구이, 산적 등 엄마가 해준 음식을 나는 잘도 받아먹으며 자랐다. 그러니 엄마가 미안해할 일이 아니다. 가부장제가 엄마와 아내에게 사과해야 할 일이다.

　엄마는 이제 명절에 가끔 배달음식을 시켜 먹는다. 내가 배추전과 동태전이 아닌 뢰스티를 먹는 것처럼.

○ 감자볶음 할 때처럼 감자를 채 썬 다음, 물에 씻거나 담가둔 적이 있었
는데요. 그러니까 감자의 전분이 씻겨서 나중에 전 부칠 때 모양을 만
들 수가 없더라고요. 감자채전은 채 썬 감자를 물에 씻지 않고 조리해
주세요.

○ 감자는 '땅에 나는 사과'라는 별명이 있을 정도로 비타민C가 많아요.
사과보다 무려 3배 더 풍부한데요. 감자에는 칼륨, 칼슘, 마그네슘인 무
기이온도 있어서 몸을 알칼리성으로 만드는 데 도움을 줘요. 된장찌개
나 고추장찌개, 달걀국 등에 감자를 넣어서 드시면 부족한 영양소를 채
우는 데 도움이 될 거예요. 다만 감자의 녹색 껍질이나 싹은 솔라닌이
란 독소를 함유하고 있으니, 꼭 제거하고 드셔야 해요.[39]

그렇게 부모가
그렇게 할머니가 되고 있다

중국식 오이무침 파이황과

나는 엄마를 사랑하지만, 효자는 못 된다. 나의 모자란 인품으론 좋은 아들이자 좋은 남편이 되는 건 불가능하다. 누군가는 동시에 그 역할을 해낼 테지만, 나는 결혼과 동시에 어느 한쪽을 택해야 했다. 아내를 택한 건 누구를 더 사랑하느냐의 문제가 아니라 가부장제에서 아내가 약자이기 때문이었다.

구순의 시어머니를 모시고 사는 맏며느리인 엄마와 대학 시절부터 여성운동을 했던 예술가인 맛탕은 내가 보기에도 상극이었다. 서로 성격도 취향도 맞지 않는 두 사람이 지금까지 별 일 없이 지냈던 건 아랫사람인 아내가 참았던 것이 컸다. 부당한 걸 못 참는 아내는 부글부글 끓는 걸 참으며 매년 제사상과 차례상을 차렸다. 종종 엄마의 지청구에도 아내가 별 말 않고 넘어갔던 건 어쩌면 너무 다른 성격과 성향 때문이었는지도 모른다.

그렇다고 엄마가 일부러 아내를 괴롭힌 적은 없다. 오히려 엄마는 아내를 몹시 좋아한다. 어딜 가든 며느리 자랑을 한다. 다만 엄마의 과도한 선의와 일방적인 사랑이 때론 아내에게 부담과 상처가 되었다. 엄마는 사랑을 할 줄 모르는 사춘기 소년처럼 매번 서툴렀고, 아내는 삐뚤빼뚤한 글씨로 써진 러브레터를 읽어내지 못했다. 엄마의 짝사랑은 그렇게 번번이 실패했다.

나는 중간 통역사 역할을 하며 엄마를 구슬려보기도 하고, 설득도 하고, 다그쳐도 봤다. 아내에게 엄마의 진심을 설명하기도 하고, 내가 대신 변명도 해봤다. 하지만 본질적으로 내가 아무리 노력한다 한들 두 사람의 관계를 바꿀 순 없었다. 아이가 태어나면 관계가 나아질까 일말의 기대를 품기도 했다. 하지만 그것은 나의 심각한 오판, 한심한 오만이었다. 오판과 오만의 결과는 결국 파국이었다.

봄이 왔는데 엄마는 자꾸만 난방을 해야 한다고 주장했다. 마꼬를 보기 위해 집에 온 엄마는 마꼬의 옷매무새를 고치면서 옷을 더 두껍게 입혀야 한다고 했다. 양말도 신겨야 하고, 이불도 더 두꺼운 거 없냐고 했다. 나와 아내는 마꼬 얼굴에 난 좁쌀 여드름을 가리키며 그렇게 하면 안 된다고 했다. 마꼬는 소아과에서 태열이 있다는 진단을 받았다. 신생아는 신진대사가 활발한 반면 체온조절을 잘하지 못해 몸의 온도가 높은 편이니, 태열이 있는 경우 서늘한 온도(20~22도)를 유지하는 게 좋다고 엄마에게 설명했다. 하지만 엄마는 듣지 않았다. 기어코 마꼬를 이불로 꽁꽁 싸매야지만 후련해했다.

옛 어른들이야 그렇게 했다는 게 이해가 간다. 당시엔 난방이 시원찮았고 씻는 곳도 밖에 있어서 찬바람을 맞기 쉬웠으니까. 지금처럼 예방접종을 맞는 것도 아니니 폐렴, 장염이나 설사, 말라리아 등 각종 질병에 노출되기 십상이었을 테고, 먹는 것도 부족해 영양보충도 어려웠을 테니 영유아 사망률이 높았을 거다. 그런 환경에서 '보온'은 생존과 직결되는 문제였을 거다. 체온이 오르면 면역력도 올라가 질병을 이길 확률이 높아지니까. 생존의 지혜였던 셈이다.

하지만 지금은 시대가 달라졌다. 유엔이 발표한 「2019 어린이 사망률 보고서」에 따르면 전 세계 5세 미만 사망률 평균은 1,000명당 39명인데 반해, 한국은 1,000명당 3명으로 매우 낮은 편이다. 한국에선 난방이 안 되는 경우가 드물고, 예방접종은 필수이며, 보건소를 통해 정부지원도 가능하다. 분윳값으로 양육수당도 나오니 영양실조에 걸리거나 면역력이 떨어져 5세 미만의 아이들이 사망하는 경우가 드물다. 이런 자료까지 들춰보지 않더라도 한 가지 확실한 건 한국에선 더 이상 신생아를 따뜻하게 키우지 못해 안달할 필요가 없다는 것이다. 오히려 너무 따뜻하게 키워서 피부병이 날 수 있는 시대에 우린 살고 있다.

곁에서 지켜보던 맛탕의 속은 더워하는 마꼬만큼 열불이 났다. 엄마가 돌아가면 아내는 기다렸다는 듯 마꼬를 이불에서 해방시켰다. 아내는 그 후로도 엄마에게 몇 번이고 같은 내용을 설명했지만, 몇 번이고 화를 삭여야 했다. 종종 나를 흘기는 아내의 눈빛을 나는 '네 엄마니까 네가 해결해.'라고 해석했다. 오독은 아니었다. 그간 아내와 잦은 다툼과 화해 끝에 내가 얻은 귀한 진실은 이랬다.

'단무지처럼 효도는 셀프. 부모님을 말리는 것도 셀프로 해야 한다.'

나는 엄마를 설득하기 위해 전화할 때마다 지치지 않고 계속 말했다. 소아과 담당의의 진료 내용을 메모장에 적어서 읊어드리고, 유튜브 영상도 공유해드렸다. 평소엔 이 정도면 넘어가곤 했는데, 어쩐 일인지 '육아'만큼은 엄마가 바위처럼 꿈쩍하지 않았다. 시대가 변했건만, 두 아들을 건실히 키워낸 과거의 지식과 경험, 성공을 엄마는 버릴 수 없는 모양이었다.

결국 참다못한 맛탕의 속이 터졌다. 태열로 마꼬의 여드름이 더 붉어진 날이었다. 전에는 본인만 참으면 됐는데 아이에게까지 인내를 강요할 수 없었다. 아내와 엄마는 보온을 둘러싼 진실공방을 펼쳤다. 쏘아붙이는 아내의 말에 잠시 말문이 막힌 엄마는 뜬금없이 포카를 당분간 자신에게 맡기는 게 어떻겠냐고 제안했다. 이 레퍼토리는 처음이 아니었다. 임신 초기부터 엄마는 아이 양육이 힘들 테니 포카 양육이라도 맡기라고 했다.

엄마의 그 말은 아내의 가슴속에 조용히 타고 있던 불씨에 횃불을 당긴 격이었다. 열불이 바람을 타고 일어나 온 들판을 태울 것처럼 시커멓게 타올랐다. 그도 그럴 것이 포카는 우리 가족이니 절대 떨어질 수 없다고 우리 입장을 확고히 밝혔으나, 엄마는 잊을 만하면 이야기를 꺼냈다.

엄마의 선의를 의심하는 건 아니다. 다만 우리 가족이 어떻게 살아갈 것인지 우리 스스로 고민하고 결정하고 싶은데, 우리가 바라지 않는 방식으로 도우려고 하니 속상했다. 그런데 이 순간에 또 그 이야기를 꺼내는 건 대체 무슨 심보람.

그날, 나는 생전 처음으로 엄마와 언성을 높이며 크게 싸웠다. 엄마는 서운함을 감추지 못하고 노발대발하였고, 서둘러 짐을 챙겨 아들 집을 나갔다. 나는 엄마를 배웅하지 않았다.

집 안에 싸늘한 정적이 흘렀다. 서로 주고받은 언성이 벽과 천정에 진액처럼 달라붙어 좀처럼 떨어지지 않았다. 나와 아내는 불과 한 걸음 거리에 있었으나 둘 사이엔 벽돌 같은 침묵이 켜켜이 쌓여 있었다. 큰소리에 놀라 숨죽이고 있던 마꼬가 칭얼대며 겨우 침묵에 금이 갔다. 포카는 조용히 그릇에 담긴 물을 먹었다.

───○

이런 일이 일어나도 저녁은 먹어야 하니, 나는 부엌으로 갔다. 일상이란 건 구질구질해서 싸우고 화가 나고 슬프고 억울해도 배가 고프기 마련이다.

소금과 후추 간을 해서 오리고기를 굽고, 중국식 오이무침을 곁들였다. 집에 홍두깨가 없어서 스타벅스 텀블러로 오이를 쾅쾅 내려쳤다. 예쁘게 썰어야 한다는 강박에서 벗어나 오이를 엉망으로 만드니 제법 스트레스가 풀렸다. 규칙 없이 부서진 오이에 소금을 쳐서 밑간을 했다. 10분이 지나면 오이에서 나온 물이 그릇에 흥건하게 고이는데, 이 물은 따라내야 한다. 오이에 간이 잘 배었는지 한 입 먹어본 다음, 다진 마늘을 넣고 설탕과 식초, 액젓으로 간을 하면 끝이다. 취향에 따라 고추기름을 추가해도 좋다.

별말 하지 않고 우리는 식탁에 앉아 밥을 먹었다. 우리 둘이 싸운 건 아니지만 웃으며 밥을 먹을 분위긴 아니었다. 누구 잘잘못을 따질 순 없었다. 맛탕은 그동안 참을 만큼 참았고, 엄마는 갑작스러운 우리의 분노에 당황해서 그랬던 거니까. 나는 두 사람이 모두 이해되면서도 솔직한 마음으로 속상했다. 그 와중에 오이무침은 왜 그리 맛있던지, 아삭거리는 식감과 새초롬한 맛이 오리고기와 찰떡이었다. 구질구질하지만 맛있는 걸 어찌하겠는가. 우리는 화가 난 것처럼 밥을 싹 다 비워냈다.

그날 밤, 마꼬를 재우고 포카를 산책시키는데 엄마의 울음소리가 들렸다. 환청이었다. 유령의 하얀 꼬리처럼 엄마의 울음소리가 나를 따라다녔다. 아들 집에서 쫓기듯 나와야 했던 엄마의 마음은 어땠을까. 나는 엄마의 울음소리를 가만히 들으며 내가 노인네에게 대체 무슨 일을 한 걸까 싶었다.

이틀 후, 엄마로부터 전화가 왔다. 엄마는 미안하다고 먼저 사과를 했다. 아내에게도 전화해 미안하다고 했다. 본인 소양이 부족해서 그런 것이니 이해해달라고 했다. 아들 부부에게 먼저 고개를 숙이는 엄마를 보며 마음이 복잡해졌다. 나는 엄마에게 미안하다고 했다. 아내도 죄송하다고 그랬다.

아이의 탄생은 단순히 한 생명이 태어났다는 걸 넘어 가족의 관계가 재정립되는 걸 의미한다. 나와 아내가 부모로서 대우받지 못하는 것 같아서 속상했던 것처럼 엄마도 할머니로서 대접받지 못해 속상했던 걸까. 나와 아내가 부모가 처음인 것처럼 엄마도 할머니가 처음이다. 처음인 사람들끼리 잘하려고 하다 보니 우리는 다투기도 하고 삐치고 속상해하기도 한다. 그나마 다행인 건 그러다가도 마꼬를 보면 우리 세 사람은 약속한 듯 헤벌레 웃고 만다는 것이다. 우리는 그렇게 부모가, 그렇게 할머니가 되고 있다.

○ 고춧가루는 텁텁한 데 비해 고추기름은 깔끔한 매운맛을 낼 때 쓰면 좋은데요. 달궈진 기름에 고춧가루를 넣고 체에 걸러주면 쉽게 만들 수 있어요. 다만 주의해야 할 건 고춧가루가 생각보다 기름에 잘 탄다는 거예요. 약불로 하지 않으면 금방 까맣게 타버려서 먹을 수 없게 돼요. 기름에 파와 양파, 마늘을 넣고 끓이면 채소에서 나온 수분 때문에 향도 좋아지고 고춧가루도 잘 안 타니 이 방법을 추천해요!

○ 오이는 90% 이상이 물로 구성되어 있어서 갈증 해소를 도와요. 자연에서 나는 천연 갈증 음료인 셈이죠. 또한 칼륨이 비교적 많은 편이라 체내 염분과 노폐물을 배출하는 데 효과가 있어요.

나를 낳고 그대들은
어땠나요?

홍어무침과 콩나물국

요 며칠 엄마와의 일들을 겪으며 나는 머릿속이 복잡했다. 왜 그
런지 모르겠는데 자꾸만 어렸을 때의 일들이 떠올랐다. 생각은 꼬
리에 꼬리를 물고 나를 졸졸 따라다니더니, 자기들끼리 신발끈이
뒤엉켜 결국엔 옴짝달싹 못했다. 누구도 묶은 적이 없는데 평생
과거에 묶여 있는 기분이었다.

내가 부모가 된 걸 처음으로 알게 된 건 2019년 5월이었다. 계
획에 없던 '사건'이 생긴 걸 알게 된 맛탕은 외부에서 회의를 마치
고 집으로 돌아오는 길에 꽃 한 다발을 샀다. 손편지도 준비했다.
집에 돌아와 나를 놀라게 하려고 했는데, 어이없게도 나는 곤히 낮
잠을 자고 있었다. 잠 묻은 얼굴로 꽃다발을 받게 된 나는 어리둥

절한 채로 편지를 읽었다. 편지에는 동글동글한 글씨체로 이렇게 쓰어 있었다.

'토토, 아빠가 된 걸 축하해.'

비몽사몽 간이라 눈을 비벼보았지만, 문장은 사라지지 않았다. 고개를 드니 아내가 상기된 얼굴로 내 반응을 살피고 있었다. 잠결에 소식을 들어서 다행이라 생각했다. 내가 웃은 건 아내의 수줍은 고백이 예뻐서였다. 연애 시절 이후 오랜만에 본 수줍은 미소가 나를 설레게 했다. 하지만 내 속마음은 달랐다.

조금 무서웠다.

마꼬가 내 목소리에 응답하고 제법 눈을 마주치게 되면서 나는 종종 나의 어렸을 적 부모에 대해 생각했다. 마꼬의 기저귀를 갈아주다 말고, 마꼬에게 젖병을 물려주다 말고, 나를 향해 웃는 마꼬의 까만 눈을 바라보고 있으면 내가 기억 못 하는 내 어린 시절이 수면 위로 떠오를 것 같았다. 나는 어린 나의 눈에 비친 엄마와 아버지가 보고 싶었다. 그때의 그대들에게 물어보고 싶었다. 그대들은 어땠나요. 나를 낳고 어떤 심정이었나요?

어렸을 적 나는 온 동네가 다 아는 심한 장난꾸러기였다. 하지만 엄마가 아픈 후론 성격이 변했다. 내가 7살이었던 해를 시작으로 엄마는 15년 동안 우울증을 앓았다. 지금이야 인식이 많이 변했지만 당시만 해도 쉬쉬할 때였다. 엄마가 어디가 어떻게 아픈지, 왜 아픈지 정확히 알지도 못하면서 나는 엄마가 창피했고, 엄마를 늘 그리워했다.

엄마가 요양 차 떠나 있을 때면 집은 시들어버린 화초처럼 변했다. 아무리 할머니가 쓸고 닦아도 소용없었다. 할머니와 아버지는 어린 두 형제를 위해 부단히 노력했지만 엄마의 빈자리는 채워질 수 없었다. 3살 많은 형은 어땠는지 모르겠지만, 어린 나는 엄마가 보고 싶어서 울고, 걱정되어서 울고, 영영 사라질까 봐 울었다. 엄마가 아픈 후로 집에서 키우던 강아지가 어느 날 사라진 것처럼 엄마도 죽는 게 아니라 영영 흔적도 없이 사라질 것 같았다. 손써볼 틈도 없이 무력하게 엄마를 빼앗길까 봐 무서웠다. 까만 밤마다 솜이불을 머리끝까지 올리고 눈물을 훔치며 나는 생각했다. 그러면 나도 미쳐야지, 나도 미쳐서 복수해야지.

나는 할머니의 촌스럽고 투박한 밥이 싫어서 안 먹는다며 숟가락을 던졌다. 어린 나의 복수였다. 나는 엄마가 해주는 콩나물국을 특히 좋아했다. 쪼끄만 게 뭐 입맛이 그랬던지, 맑고 시원한 국물에 고춧가루를 팍팍 풀고 밥을 한 공기 잔뜩 말아서 후루룩 떠먹곤 했다. 하지만 할머니는 국물에 고춧가루를 미리 풀고 마지막에 참기름이나 들기름을 넣었다. 나는 고춧가루가 풀어진 국물도, 기름으로 입술이 번지르르해지는 것도 싫어서 서럽게 울었다. 울 일이 아닌데, 할머니에게 화를 낼 게 아닌데, 그때의 나는 그랬다. 엄마를 빼앗긴 어린 시절의 내가 할 수 있는 화풀이와 투정은 고작 그런 것이었다.

엄마가 집에 돌아오는 날만 기다렸다. 금방이라도 부서질 것처럼 온몸의 근육이 빠져나가 파리해진 엄마를 부둥켜안고 나는 한시도 곁에서 떨어지지 않으려 했다. 매달리는 것도 힘들어 내가 잠이 들면 엄마는 부엌으로 갔다. 충분히 회복되지 않았음에도 불구하고 엄마는 두 아들이 좋아하는 음식을 만들었다. 애호박과 버섯을 듬뿍 넣은 된장찌개, 바락바락 치댄 아욱을 넣은 된장국, 감자와 돼지고기를 넣고 자박하게 끓인 고추장찌개, 멸치와 다시마 육수에 파뿌리를 넣고 끓여 땀이 송골송골 맺힐 정도로 시원했던 콩나물국이 아직도 기억난다. 요리는 엄마가 아들들에게 줄 수 있는 최선의 변명이자 최고의 사랑이었다. 맛있게 먹는 우리를 보고 엄마는 가끔 울었다. 그게 싫어 형은 화를 냈다. 나는 엄마의 음식을 먹고 나서야 엄마가 사라지지 않고 다시 집에 돌아왔다는 걸 겨우 받아들였다.

엄마가 왜 아프게 됐는지 엄마도 아버지도 알려주지 않아 나로선 알 길이 만무했다. 나는 묻는 게 두려워 묻지 않았다. 내가 해석할 수 있는 방법은 구조적인 접근밖에 없었다. 큰집의 며느리로 시집와 1년 내내 명절과 제사를 치르고, 시골에서 서울로 막 올라와 꼬장꼬장했던 할머니를 모시고, 새벽부터 밤까지 일하느라 바쁜 아버지를 챙기고, 어린 두 아들을 키우느라 엄마는 본인 스스로를 돌보는 법을 몰랐던 게 아닐까. 그렇다면 엄마를 아프게 한 건 가부장적인 우리 가족이었던 게 아닐까. 가부장제는 며느리에게 다른 사람들을 챙기라고만 할 뿐, 결코 본인을 챙기라고 말하지 않으니까.

아마도 내가 여자였다면 결혼을 하지 않았을 것이다. 하지만 결혼을 하면 혜택이 많은 나는 엄마에게 일어났던 그 모든 일이 마치 없었던 것처럼 결혼했고, 맛탕에게 행복하게 해주겠노라고 약속까지 했다. 하지만 신혼 초, 나는 보고 배웠던 대로 무심코 아내에게 성 역할을 부여하려고 했다. 제사 지내러 가기 싫다는 아내를 설득해 본가에 데려가기도 했다. 결혼했으니 막연히 아이를 낳자고도 했다. 다행히 아내는 잠투정 같은 나의 치기와 몰상식을 가볍게 무시할 줄 아는 사람이었다. 아내는 자신이 작업한 여성주의 관련 일러스트를 내게 자주 보여줬다. 아내가 동료들과 함께 준비한 전시회에 다니고, 강연을 함께 듣고, 책을 읽으며 결혼 후 우리에게 일어난 일들에 대해 자주 이야기를 나눴다.

엄마의 병과 가족의 관계를 객관적으로 해석하게 된 건 이때부터였다. 앤서니 브라운의 동화 『돼지책』처럼 우리 가족은 모두 돼지였다. 나라고 예외이지 않다. 나 역시 엄마에게 돼지였다. 그런 나를 구원할 수 있었던 건 전적으로 아내 덕택이다. 그리고 지난 세월 동안 스스로를 구원한 엄마 덕분이다.

엄마는 20년이 넘는 세월 동안 벼랑 끝에 서 있는 사람처럼 매일 명상하고 기도하고 절하며 자신을 수련했다. 목숨 걸고 단련하는 수행자의 절박함이 어린 내 눈에도 선명히 보였다. 그 고통에서 엄마를 구원한 건 엄마 자신이었다. 언제부턴가 약을 먹지 않아도 엄마는 일상생활이 가능해졌다. 우울증을 떨쳐낸 지 이제 15년이 지났다.

엄마의 구원과 달리 나의 구원은 내가 간절히 염원하여 목숨 바쳐 얻어낸 것이 아니기 때문에 불안하고 불투명했다. 아이가 생겼다는 아내의 말을 듣고 내가 보인 반응은 어쩌면 당연한 것이었는지도 모른다. 과연 내가 아이를 키울 수 있을까. 나 역시 결국엔 아이에게 상처를 주지 않을까. 기뻤지만, 무서웠다.

"어때요?"

"내 손주지만 너무 예쁘다."

우리는 처음으로 마꼬와 함께 부모님 댁에 방문했다. 엄마의 말과 달리 마꼬는 미간을 깊게 찌푸렸다. 확실히 예쁜 표정은 아니었다. 평소에도 마꼬는 배냇웃음 외엔 별로 웃지 않았다. 마꼬가 너무 안 웃는다며 아내가 걱정하자, 엄마는 나도 어렸을 때 꼭 그랬다며 책장에 올려둔 사진첩을 가리켰다. 사진 속 백일도 안 된 나는 마꼬처럼 인상을 쓰고 있었다. 시간이 지나고 세상에 적응하자 누구보다 잘 웃었다면서 엄마는 걱정하지 말라고 했다.

"너도 예뻤어. 마꼬처럼 예뻤어."

엄마가 눈을 맞추자 마꼬도 엄마를 바라봤다. 끝까지 웃진 않았지만 마꼬도 엄마 품이 마음에 드는 모양이었다. 서서히 미간이 펴졌다. 그게 우스운지 엄마는 시종일관 웃었다.

"애 키우느라 힘들지?"

"응. 진짜 힘들어."

"육아가 원래 그래. 엄마도 힘들었어. 그래도 너네 키우는 게 엄마는 제일 재밌었어."

마꼬가 하는 모든 몸짓과 표정에 엄마와 아버지는 의미를 부여하며 즐거워했다. 나는 넋을 놓고 한참 그들을 바라봤다. 어린 나를 저런 표정으로 바라보았던 걸까. 과거의 젊은 부부가 눈앞에 보이는 듯했다. 그들은 지금의 나보다 더 어리고 여렸다. 나는 그들이 앞으로 겪을 일들이 안쓰러워 눈물이 날 것 같았다.

━○

엄마는 부엌에 들어가 다 같이 먹을 음식을 조리했다. 나도 형도 엄마를 도와 식탁을 함께 차렸다. 산후조리에 좋다는 홍어로 만든 새콤달콤한 홍어무침도 식탁에 있었다. 오랜만에 엄마가 해준 밥을 먹으니, 엄마가 그때 사라지지 않고 이 집에 계속 있다는 사실에 새삼 감사했다. 그날 나는 밥을 두 공기 먹었다.

저녁이 되어 우리는 떠날 채비를 했다. 엄마는 반찬을 바리바리 싸들고 우리와 함께 주차장까지 따라 나왔다. 떠나려는 우리에게 엄마는 말했다.

"고맙다."

뭐가 고마운지 엄마는 말하지 않았지만 나는 알 것 같았다. 엄마에게 나를 낳고 어땠는지 물어보지 못했지만 이미 들은 것 같았다. 그 말엔 지난 세월이 전부 담겨 있었다. 나보다 어리고 여렸던 여자는 이제 흰머리가 성성했다. 나를 키우고 자신을 다스리며 보낸 세월이 새하얗게 머리에 내려앉았다. 나는 엄마의 손을 잡고 말했다.

"나도 고마워요."

원래 육아는 힘든 거라지만 지옥이 되어선 안 된다. 어느 한 명의 희생으로 지탱하는 관계는 결코 건강할 수 없다. 엄마가 병이 난 것처럼 언젠가 탈이 나고 만다.

마꼬가 태어나기 전, 우리 부부는 오랜 시간 의견을 주고받았다. 그 과정을 거치며 나는 내 감정에 조금씩 솔직해지기로 했다. 미디어 속 여느 부부처럼 환희에 차지 않아도 되겠다고 생각했다. 오히려 이런 과거를 겪은 내가 기뻐 날뛰는 게 더 부자연스러워보였다. 초조하고 불안하고 두렵고 무서워서 견딜 수가 없어도 나 스스로에겐 괜찮다고 계속 말해주었다. 자기 새끼를 지키려고 털을 바짝 세우며 소리 지르는 길거리의 고양이처럼 이 세상으로부터 내 새끼를 지켜낼 수 있을지, 나처럼 상처를 겪진 않을지 걱정하고 무서워하는 것도 어쩌면 부모의 자연스러운 감정이지 않을까. 부모도 약한 존재니까. 그럼에도 어떻게든 아이를 지키고 싶으니까.

다행인 건 마꼬가 태어난 후 '잘 키울 수 있을까.' '나 역시 결국엔 아이에게 상처를 주지 않을까.' 그런 질문 따윈 다시는 하지 않게 되었다. 그 '이유'를 깨달은 게 아니라 이젠 그 질문을 할 '필요'를 못 느낀다.

어떻게 이 아이를 키울지, 어떻게 하면 더 사랑을 줄 수 있을지, 그것만 고민한다. 다른 생각은 잘 들지 않는다.

이제 나는, 무섭지 않다.

○ 콩나물국에 파뿌리를 넣으면 국물이 시원해져요. 콩나물국밥이 콩나물국보다 시원한 이유가 파뿌리 때문이라고 해요. 감기 기운이 있어서 으슬으슬할 때, 파뿌리를 넣고 한번 끓여보세요. 고춧가루도 팍팍 넣고 드셔보세요. 감기 조심하세요!

○ 우황청심환에 들어가는 약재로 유명한 콩나물은 위장에 쌓인 열을 제거하고 기운을 잘 통하게 하는 효능이 있어요. 콩나물 뿌리에 있는 아스파라긴산은 피로 해소에 좋고 숙취 해소에도 효과가 있는데요. 콩나물엔 콩에 있는 영양소뿐 아니라, 콩에는 없는 비타민C가 들어 있어서 영양학적으로 우수한 식재료예요.[40]

○ 생선 중 유일하게 삭혀 먹는 홍어는 미역처럼 알칼리성 식품이라 산성체질을 알칼리성 체질로 변하게 해줘요. 그래서 골다공증 예방, 산후조리, 병후 회복에 효과가 좋다고 해요. 홍어의 연골에는 관절염 치료제로 쓰이는 황산콘드로이친 성분이 함유돼 있어 칼슘이 빠져나가지 못하게 예방해준다고 하니[41] 산모에게 도움을 주겠어요.

그날의 풍경을
너의 이름으로 지었다

강된장과 호박잎쌈

요람이 작아졌다. 마꼬의 다리가 제법 길어지더니 요람에 발이 닿을 것 같았다. 우리는 마음의 준비가 안 됐는데 마꼬는 벌써 기어가고 싶나 보다. 뒤집기를 하더니 몸을 움직이려고 용을 썼다. 천천히 자랐으면 하는 부모의 마음이 어떤 건지 조금 알 것 같았다.

친환경 가구 매장에 들러 원목 침대를 주문했다. 중학생까진 거뜬히 발 뻗고 잘 수 있는 크기의 침대였다. 매장을 나서려는데 점원이 침대 머리맡에 새기고 싶은 문구가 있는지 물어봤다. 우리 부부는 입력 오류가 난 것처럼 잠시 버벅댔다.

집으로 오는 길에 우리는 문구에 대해 의견을 주고받았다.

"그럴 거면 그냥 사랑한다고 쓰자."

"그건 너무 성의 없잖아."

"아니, 사랑이 왜 성의 없어."

침대를 중학생 때까지 쓸 거면 앞으로 최소 15년은 그 문구를 매일 봐야 한다. 아내는 답답하다는 듯 차창 밖으로 고개를 돌렸다. 매끈한 곡선 도로 너머로 한강이 햇빛에 반짝이고 있었다. 맛탕은 물결을 가리키며 마꼬에게 얘기했다.

"마꼬야. 저거 봐봐. 저게 네 이름이야."

마꼬는 눈이 부신지 얼굴을 찌푸렸다. 그 모습을 보고 있으니 그날의 장면이 떠올랐다.

마꼬가 생기기 전에 나는 아이 이름을 지었다. 이 세상에 없는 아이의 이름을 짓는다는 건 한 줄도 쓰이지 않은 소설의 제목을 짓는 것처럼 묘하고 설레었다. 지금 생각해봐도 그건 특별한 경험이었다.

재작년 봄, 부서를 이동하고 적응하지 못해서 심난했던 시절이었다. 지방으로 출장을 가야 했는데, 자칫 기차 출발 시간을 놓칠까 봐 동료와 함께 택시를 탔다. 출장 준비도 제대로 못한 마당에 기차까지 놓치면 어쩌나 싶어 마음을 졸였다. 그때 동료가 창 너머로 반짝이는 한강에 감탄하며 말했다.

"윤슬이네요."

"그게 뭔데요?"

동료는 손가락으로 수면을 가리켰다.

"저기 반짝이는 거요. 빛에 반짝이는 물결을 한글로 윤슬이라고 해요."

웬일인지 나는 넋을 놓고 그 광경을 바라봤다. 잔잔하게 흔들리는 빛 물결을 보고 있으니 내 불안한 마음과 영혼이 전부 씻겨 내려가는 것 같았다. 이해하기 어렵지만, 그 순간 나는 뭔가에 홀린 듯 핸드폰에 그 단어를 저장했다. 지금 이 순간을 잊으면 안 될 것 같았다.

그로부터 100일이 지난 어느 날, 첫 문장처럼 아이가 생겼다. 배 속 아이가 5개월을 넘겼을 때, 나는 맛탕에게 연애편지를 건네듯 아이의 이름을 말했다. '빛의 물결'이라는 단어의 뜻과 그날의 풍경이 들어간 아이의 이름을 아내는 몹시 마음에 들어했다.

"윤슬. 예쁘다."

"맛탕의 성인 '윤'으로 시작하는 이름이었으면 싶었어. 이름에 우리의 성이 하나씩 들어가는 거야."

부모의 성이 나란히 들어간 이름을 아이는 어떻게 받아들일까. 출산일이 가까워오며 우리는 배 속 아이에게 종종 이름을 불러줬다. 아이도 자신의 이름을 좋아해주길 바라면서.

계절의 시작을 알리듯, 아이는 봄이 오자 세상에 태어났다. 반짝이던 그날의 풍경을 까만 두 눈에 가득 담고서. 그 신비로운 눈을 우리는 오랫동안 바라보았다.

그런데 한 가지 난관이 있었다. 부모님이 아이 이름에 '항렬자

(돌림자)'를 넣는 게 어떠냐고 물으셨던 것이다. 검색해보니 항렬은
단지 돌림자를 쓰는 게 아니라 동족의 종속을 의미한다. 아내가
힘들게 낳은 아이를 내 동족의 항렬만 따르게 하는 걸 나는 받아들
이기 어려웠다.

부모님께 아이 이름은 이미 정했으니 항렬은 따르지 않을 것이
라고 말씀드렸다. 아버지는 너희 자식이니 그렇게 하라고 하였다.
본인도 우리 이름을 지을 때 항렬자를 따르지 않았다고 했다. 엄
마는 작명소에서 이름을 짓는 게 어떻겠냐고 물었지만 나는 거절
했다. 작명소에서 지어주는 이름들에 나는 애정이 가지 않았다.

나 같은 80년대 생들은 대부분 한자로 구성된 이름을 썼다. 크
고, 중요하고, 빼어나고, 아름답고, 선하고, 맑고, 빛나는 뜻을 품고
있는 또래 세대의 이름들을 떠올릴 때마다 나는 종종 질식할 것 같
았다. 사람은 무엇이 되기 위해서 태어나는 게 아닌데, 그 이름들
은 어떻게 되어야 한다고 '주장' 하는 것 같았다. 동족의 항렬도,
사회가 바라는 바를 지어주는 작명소도 우리 부부는 원치 않았다.
아무 박력도 없는, 부모의 기대와 의도가 들어가지 않은 이름을 아
이에게 선물하고 싶었다.

"뭘 훌륭한 사람이 돼? 하고 싶은 대로 그냥 아무나 돼."

— Jtbc 〈한끼줍쇼〉 이효리 씨 편에서

마꼬가 태어난 다음날, 나는 출생신고를 하고 부모님께 아이의

이름과 뜻을 알려드렸다. 부모님은 손주 이름을 예뻐하며 귀하게 여겼다. 두 분은 사랑에 빠진 것처럼 이름을 자꾸만 입으로 되뇌었다. 부르면 부를수록 생명에 온기가 불어넣어지듯 이름이 점점 선명해졌다.

—◯

맛탕이 마꼬를 재우는 동안 나는 재래시장에서 사온 재료들로 식탁을 차렸다. 달걀찜을 불 위에 올리고, 마를 구워 꿀에 조렸다. 깨끗이 씻은 호박잎을 찌고, 우렁이를 넣은 강된장을 만들었다.

향신채인 마늘과 양파를 잘게 썰어 들기름에 달달 볶았다. 양파가 투명해지면 새송이버섯과 파를 넣어 볶다가 밀가루로 치대서 깨끗이 씻은 우렁이도 집어넣었다. 그다음엔 된장을 넣었다. 강된장에는 기호에 따라 고추장도 넣는데, 나는 된장과 고추장을 3:1 비율로 잡았다. 채소에서 나온 수분이 날아가고 된장과 고추장의 농도가 뻑뻑하게 될 즈음, 멸치&다시마 육수를 재료가 자작하게 잠길 정도로 부었다. 마지막에 풋고추를 넣고 타지 않도록 휘휘 저어주며 되직하게 졸이면 완성이다.

호박잎에 밥 한 숟가락과 강된장을 푹 넣어서 쌈을 만들어 먹었다. 까끌하면서도 보들보들한 호박잎과 구수하게 볶아진 강된장과 채소들이 쫄깃한 우렁이를 만나 입 안에서 묘한 조화를 이뤘다. 소박한 재료들로 만든 이 음식은 어쩜 이리도 맛있는지. 우리는 발우 공양하듯 밥을 깨끗이 비웠다.

며칠 후, 마꼬의 침대가 왔다. 엄마 품에서 구경하던 마꼬를 침대에 눕히자 아이는 새 이불에 얼굴을 비볐다. 덩달아 포카도 신이 나서 침대에 몸을 비볐다. 머리맡에는 우리가 심사숙고해서 고른 문장이 새겨져 있었다. '빛의 물결'이란 뜻을 가진 이 아이에게 우리는 반짝이라고 말하고 싶지 않았다. 오히려 버지니아 울프의 문장처럼 반짝일 필요 없다는 걸 알려주고 싶었다. 이미 존재 자체로 반짝이고 있으니까.

서두를 필요는 없다.
반짝일 필요도 없다.
자기 자신 외에는 아무도 될 필요가 없다.

○ 강된장은 국물을 조금만 넣고 졸여야 해요. 저는 된장찌개처럼 국물을 많이 넣었다가 한 세월을 졸이는 데 시간을 보냈네요.

○ 보통 된장찌개는 육수를 만든 다음, 그 안에 채소를 넣고 된장을 풀어 주는데요. 강된장은 들기름에 채소와 된장을 볶은 다음 육수를 넣어줬어요. 그러면 된장(콩)의 단백질이 불에 의해 볶아지면서 더 구수한 맛이 나더라고요. 된장찌개 끓일 때도 이런 순서로 하면 더 구수하고 맛있어요.

○ 호박잎의 엽록소는 상처를 치료하고 세포를 재생시키는 데 효과적이에요. 강력한 항산화제인 베타카로틴이 풍부해 눈 건강과 면역력에 좋고, 식이섬유가 풍부해 변비에도 좋아요. 칼슘과 엽산도 많으니 산모와 태아 건강에 좋겠어요. 다만 호박잎에는 단백질이 부족하니 단백질이 많은 된장과 먹으면 딱이겠어요.

가난한 그대,
나를 골라줘서 고마워요

고등어구이

가계부를 쓰다 보면 한숨이 푹푹 나왔다. 육아휴직을 시작하기 전, 우리는 적금을 몽땅 깨고 월급을 아껴 딱 6개월을 버틸 수 있는 자금(정부지원금 포함)을 마련했다. 마음 같아서는 1년간 육아휴 직을 하고 싶었지만 6개월만 신청했던 건 경제적인 이유에서였 다. 하지만 예상보다 지출이 어마어마하게 나갔다. 육아는 아이템 빨이라는 걸 직접 경험한 후론 육아용품 비용이 만만치 않게 들었 다. 어떻게든 지출을 아껴보려고 가계부를 노려보았다. 대출에 보 험에 각종 공과금은 고정지출이라 손댈 수 없고, 아무리 머리를 굴 려봐도 졸라맬 수 있는 구석은 식비밖에 없었다.

하지만 그게 가당키나 한 말인가. 모유수유 하는 산모가 있는 집에서 식비를 아낀다는 게! 한 발 양보해서 탄수화물과 비타민, 지방은 채소와 과일, 오일로 보충할 수 있지만, 단백질은 매일 두부만 먹으니 재미가 없었다. 마음 같아서는 식탁에 질 좋은 고기를 올리고 싶었지만, 그러기엔 정부의 육아휴직 지원금은 턱없이 부족했다.

부모가 합심해 아이를 돌보는 공동육아만큼 이상적인 육아 방법은 없을 것이다. 하지만 공동육아를 하고 싶어도 정부에서 주는 육아휴직 지원금 갖고는 택도 없다. 나는 그나마 고용보험 가입자라 육아휴직을 최대 1년까지 쓸 수 있고 지원금도 매달 나오지만, 고용보험 미가입자 프리랜서인 아내는 육아휴직이 없다. 특수고용 형태의 근로자는 정부지원금도 50만 원으로 고작 3달치밖에 나오지 않는다. 안 그래도 아내가 임신 중기부터 일을 줄이고 말기에는 일을 할 수 없어 가계 수입이 줄었는데, 150만 원 가지고 도대체 어떻게 살라는 걸까. 고용보험 미가입자에 대한 출산지원금 제도가 2020년부터 시행된 거라니, 우리 부부는 운이 좋았다며 춤이라도 춰야 하나.

대체 어떤 합의 끝에 이런 제도를 만들었는지 모르겠다. 정말로 150만 원으로 3개월을 버틸 수 있다고 생각하는 걸까. 아님 회사원들과 달리 특수고용 근로자는 3개월만 쉬어도 괜찮다는 걸까. 더 놀라운 건 육아휴직을 대체할 만한 어떠한 제도도 이용할 수 없다는 것이다. 이런 상황이라면 특수고용 근로자인 여성은 임신을 하는 순간 저소득층이 될 수밖에 없으며, 육아를 하는 순간부터 철저히 사회로부터 격리된다.

여기에 자영업자 이야기가 빠지면 섭섭할 것이다. 이들은 육아
휴직은커녕 지원금도 없다. 자영업 여성은 임신을 하면 가게 문을
닫아야 한다. 결코 당연하다고 생각하지 말자. 덴마크는 예산을
늘려 2020년부터 자영업자의 육아휴직이 가능해졌다. 반면 한국
에선 회사를 다니지 않으면 뭐가 이렇게 퍽퍽하고 가난해지는지.
부모의 직업에 따라 육아가 불평등해도 되는 걸까. 생애주기의 시
작인 신생아 육아에서부터 불평등하다면 이 사회는 아이들에게
어떻게 평등을 가르칠 수 있을까.

가계부 쓰다가 사회 비판까지 하고 앉아 있는 내 한숨 소리에 낡
은 우리 집이 꺼질 뻔했나 보다. 맛탕이 놀란 눈으로 나를 쳐다보
고 있었다.

"내가 너무 많이 먹었나?"

많이 먹어도 모자랄 판에 괜히 복 나가게 한숨을 쉬어서 미안했
다. 나는 대충 둘러대며 돈은 충분하니 걱정하지 말라면서 아내를
안심시켰다. 그런데 그게 잘못 전달이 된 모양이었다. 안심한 아
내는 이내 속상했는지 이렇게 말했다.

"큰일 난 줄 알았네. 얼마 먹지도 못했는데."

그 말을 남기고 아내가 떠나자, 나는 다시 걱정하기 시작했다.
아니, 얼마 먹지 못했다니.

그때, 산후조리에 좋고 싸고 단백질이 풍부한 식재료를 찾아보다가 우연히 알게 된 것이 고등어였다. 생선이 훌륭한 단백질 공급원인 건 알고 있었으나, 나는 지금껏 유선이 막히는 걸 염려하여 산모에겐 지방이 적은 흰 살 생선이 좋다고 생각했다. 그런데 값싸고 살집이 두툼하며, 무엇보다 아내가 연어 다음으로 좋아하는 생선인 고등어도 산후조리에 좋다니, 얼마나 기뻤는지 모른다.

집 근처 재래시장에서 값싸고 튼실한 자반고등어를 구매한 나는 마치 만선이 귀항하듯 의기양양하게 집으로 돌아왔다. 그런데 저녁으로 고등어를 굽겠다고 하자 아내의 표정이 굳어졌다. 원체 아내는 베짱이 두둑하고 비위가 강해 내가 해주는 음식은 웬만하면 잘 먹는 편인데, 생선구이만큼은 힘들어했다. 그도 그럴 것이 내가 생선만 구웠다 하면 온 집 안이 비린내로 진동했다. 때론 집에 연기가 자욱해져서 흡사 최루탄을 터뜨린 가스실에서 식사를 하는 듯했다.

의심의 눈초리로 경계하는 아내에게 이번엔 다를 거라고 장담했다. 유튜브로 생선을 잘 굽는 비법을 알아냈으니 믿고 기다려달라고 했다. 여러 영상을 통해 내가 정리한 비법은 총 다섯 가지였다.

———○

우선 쌀뜨물로 고등어를 씻었다. 쌀뜨물이 생선 특유의 비린내를 없앨 수 있다고 한다. 두 번째는 키친타월로 물기를 제거하고 속까지 잘 익히기 위해 고등어에 사선으로 칼집을 냈다. 세 번째 팁은 고등어 겉껍질의 막을 칼로 살살 긁어 벗겨내는 것이다. 고등어 특유의 비린내는 이 막에서 난다. 네 번째는 고등어 표면에 밀가루를 얇게 바르는 것이다. 이렇게 하면 생선살이 팬에 붙지 않을뿐더러 살이 부서지지 않고, 밀가루가 먼저 익으면서 고등어 육즙이 빠져나가지 않는다.

이제 마지막이다. 내가 늘 망했던 것은 마지막인 굽기에서였다. 나는 스테이크처럼 충분히 예열한 팬에 기름을 두르고 겉면을 센 불에서 굽다가 중불로 안을 익히려 했는데, 그랬다간 생선은 탄다. 더 구웠다가는 숯을 먹을 수도 있다는 두려움에 굽기를 망설이면 속이 익지 않는 대형사고가 발생한다. 아내가 젓가락으로 생선살을 집었는데 물이 줄줄 나와 둘 다 울기 직전의 표정을 지은 게 한두 번이 아니었다.

생선은 부디 중불에서 굽자. 중불에서 겉면을 노릇하게 굽고, 안쪽을 익힐 땐 팬 뚜껑을 닫은 다음 중약불에 구우면 된다. 말로 설명하니 너무 뻔해서 허무하기도 하지만 그동안 숱하게 태워 먹었던 생선들을 생각하면 내겐 천금 같은 지혜다.

마침내 나는 고등어를 기막히게 구웠다. 무엇보다 비린내가 나지 않았다. 밀가루 옷 때문인지 겉은 바삭했고 속까지 잘 익었을 뿐 아니라 육즙으로 생선살이 촉촉했다. 고등어 살을 크게 발라 아내의 밥그릇에 무심하게 얹어줬다. 이젠 얼마 먹지 못했다고 속상해하지 않겠지. 불현듯 아내가 좋아하는 가수 루시드폴의 〈고등어〉 란 노래가 떠올랐다. 루시드폴은 어떻게 그런 가사를 쓸 수 있었을 까. 그도 소중한 누군가에게 고등어를 구워준 적이 있었던 걸까.

몇만 원이 넘는다는 서울의 꽃등심보다

맛도 없고 비린지는 몰라도 그래도 나는 안다네

그동안 내가 지켜온 수많은 가족들의 저녁 밥상

나를 고를 때는 내 눈을 바라봐줘요

나는 눈을 감는 법도 몰라요

가난한 그대 나를 골라줘서 고마워요

수고했어요 오늘 이 하루도

○ 고등어는 비늘 부분에 기름이 많기 때문에 팬에 구울 때 비늘부터 구워야 해요. 고등어에서도 기름이 나오기 때문에 오일을 조금 덜 쓸 수 있겠어요.

○ 저만의 생선 굽는 팁을 하나 더 소개하자면, 저는 조리가 끝난 팬에 레몬즙을 짜고 생선에 골고루 끼얹어줘요. 레몬즙이 생선 비린내를 잡는데 효과가 좋더라고요.

○ 고등어는 양질의 고단백질 공급원이에요. 오메가3 지방산이 풍부해 산후우울증을 예방하는 데 도움을 준대요. 또한 DHA도 많은데, 모유를 통해 아이에게 전달되면 아이의 뇌를 활성화시킨다고 하네요.[42]

우리는 게을러지기로
결심했다

토로로소바

톨스토이는 대문호이자 대저택의 부호였기에 직접 집안일을 하진 않았을 테지만, 나 같은 육아휴직자는 살림을 할 때마다 그가 쓴 『안나 카레니나』의 첫 문장을 생각했다.

모든 행복한 가정은 서로 닮았고,
모든 불행한 가정은 제각각 불행하다.

행복하려면 여러 가지 조건이 모두 충족되어야 하지만, 단 하나만 빠져도 불행해진다는 그 유명한 문장이 내 눈엔 살림의 본질을 꿰뚫는 것처럼 보였다. 아무리 치워도 티 하나 나지 않는 게 살림이고, 단 하나만 치우지 않아도 엉망인 것처럼 보이는 게 또한 살림이다. 돈을 버는 것보다 쓰는 게 쉬운 것처럼, 집은 치우는 것보다 어지르는 게 쉽다. 이는 과학적으로도 증명이 가능하다. 영유아는 우주의 초창기를 보듯 혼돈 그 자체이며, 엔트로피 법칙에 따라 모든 에너지는 유용한 상태에서 무질서한 상태로 변하기 때문에 집은 엉망이 될 수밖에 없다. 그렇다. 내 노력이 부족한 게 아니라 원래 육아와 살림이 그 모양 그 꼴이다.

치우면 치울수록 먼지는 끝도 없고, 장판에서 머리카락이 자라는 게 아닐까 의심될 정도로 바닥에 머리카락이 수북했다. 빨래는 왜 이리도 많은지. 마꼬가 분유 토를 하거나 대소변을 실례해서 손빨래는 일상이었다. 마꼬뿐 아니라 우리 부부의 옷도 마꼬의 침과 토로 얼룩이 져서 후줄근했다. 할 일은 많고, 몸과 마음은 지쳐갔다. 그나마 공동육아를 해서 다행이었지만 한 가지를 간과했다. 결혼 후, 우리 부부가 24시간 계속 같이 붙어 있는 건 처음이었다.

우리는 상대방이 놓친 집안일을 꼬투리 잡아 '네가 잘했네, 내가 잘했네' 하며 종종 다퉜다. 아이가 보고 있어서 안 될 것 같으면 카톡으로 무대를 옮겨 디지털 부부싸움을 치렀다. '네가 잘했네, 내가 잘했네'를 계속하다 보니 대체 누가 잘했는지 알 수 없게 됐다. 잠시 눈에서 멀어져야 스트레스가 풀릴 텐데 종일 붙어 있으니 감정이 소화될 시간이 없었다.

'이러다 진짜 불행해지는 거 아냐?'

행복한 가정은 못 되더라도, 더는 불행해질 수 없었다. 우리는 마음만이라도 편히 먹기로 했다. 집안이 엉망인 걸 더는 부끄럽게 생각하거나 괴로워하지 않기로 했다. 엉망인 집안보다 더 엉망인 각자의 마음을 치우는 게 우선이었다. 때론 게으름이 꽃을 피워야 할 때가 있다. 육아는 부모의 성실함으로 하는 것이지만, 게으름과 방탕함만큼 부모를 숨통 틔워주는 건 단연코 없다. 아이의 건강을 해치지 않는 범위에서 우리는 각자 게을러지기로 결심했다.

나의 게으름은 마꼬가 태어난 지 두 달이 가까워질 즈음 활짝 피었다. 육아휴직 초반에는 아이가 잠들면 밀린 집안일을 했다. 아이가 태어난 지 한 달이 되었을 땐 아이를 따라 잠을 잤고, 두 달이 가까워오자 나는 나 몰라라 하며 틈틈이 글을 썼다. 내겐 나만의 시간과 공간이 필요했다. 무엇보다 나와 아내처럼 나와 아이 사이에도 거리를 두고 싶었다. 아이는 내 노력의 결과물이 아니다. 나는 내가 해야 할 일을 했을 뿐, 자란 건 저 녀석이다. 그런데 내가 쏟아붓는 에너지와 시간이 많다 보니, 아이를 내 노력의 결과물(육아휴직의 아웃풋)로 받아들일 것 같았다. 그런 식은 곤란했다. 아이가 공부를 못하면 치욕스러워하고(나도 못했는데), 아이가 운동을 잘하면 내 덕이라고 말하는 부모가 되고 싶진 않았다.

이 법칙을 일찍이 깨달은 맛탕은 산후조리원에서부터 그림을 그렸다. 주변에서 아이 잘 때 자야 한다고 했지만 아내는 그리지 않으면 금방이라도 죽을 것처럼 그림을 그렸다. 수유하랴, 아이 돌보랴, 집안일하랴, 그림 그리랴, 저래도 괜찮을까 싶었지만 아내는 끄떡없었고, 나 역시 아내를 말릴 생각이 없었다. 당시의 아내는 잠보다 자신의 마음을 돌보는 게 중요했다. 자신에게 일어난 이 엄청난 변화를 받아들이고 해석하기 위해 그림을 그렸다는 게 더 적절한 표현일 거다. 아내는 포카와 마꼬, 그리고 본인의 일상을 일러스트와 짧은 웹툰으로 꾸준히 기록해나갔다.

⊸○

작업에 몰두하였더니만 밥때가 가까워진 것도 몰랐다. 나는 밥하기도 귀찮아서 메밀 면을 삶았다. 게으름이 꽃피울 땐 토로로소바가 제격이다. 간장과 밥, 달걀 노른자만 있으면 되는 간장밥처럼 토로로소바도 레시피가 간단하다. 메밀 면에 쯔유를 뿌리고, 그 위에 참마를 갈아서 얹는다. 그리고 달걀 노른자와 쪽파, 고추냉이를 올리면 끝이다. 기호에 따라 낫또를 곁들여서 먹어도 맛있다.

아내의 산후조리 기간 동안 자양강장에 좋은 마를 많이 먹었다. 마를 구워 먹으면 영양소가 파괴돼 갈아서 먹는 게 제일 좋은데, 끈적끈적하고 미끌거리는 생 마를 그냥 먹기는 힘들었다. 그런데 토로로소바를 만들어 먹으면 생 마도 먹기 한결 편했다. 자칫 비릴 수 있는 마와 달걀을 쪽파와 고추냉이의 알싸함, 토마토의 신맛, 쯔유의 감칠맛이 잡아줘서 전체적인 맛의 조화가 훌륭했다. 미끌거리는 식감이 두렵다가도 한번 입을 대면 눈 깜짝할 새에 한 그릇을 비웠다.

마꼬의 기저귀를 갈다가 말고 문득 생각했다. 행복해지기 위해 애쓰면 애쓸수록 불행해지는 반면, 나름의 불편함을 껴안고 넉넉히 살면 그럭저럭 살아지는 것 같다고. 예전 같으면 끈적하고 미끌거리는 참마를 먹을 생각도 안 했을 텐데, 이젠 그 맛을 즐기게 됐다. 이유는 잘 모르겠지만 게으름을 자양분 삼아 마음 한구석이 한 뼘 정도 자란 듯했다. 어른이 된 기분이랄까. 토로로소바를 먹고 나면 꼭 그런 기분이 들었다.

○ 저는 쯔유를 많이 만들어서 보관해 썼는데요. 그리 어렵지 않아요. 양조간장과 물을 1:2 비율로 섞고, 다시마와 표고버섯, 가쓰오부시, 맛술과 설탕을 넣었어요. 채소로는 파와 양파를 넣는데 불에 구워서 사용하면 감칠맛이 살아난다고 해서 가스레인지에 파와 양파를 굽다가 집게가 시꺼멓게 탔어요. 토치나 석쇠가 없다면 생략하는 게 낫겠어요. 이건 너무 바보 같은 일이에요.

○ 마는 스테미너 식품으로 활력 증가와 원기 회복에 좋아요. 마를 자르면 나오는 끈적끈적한 물질을 뮤신이라 하는데요. 단백질의 흡수를 촉진해 위벽을 보호하고 소화운동의 윤활제 역할을 한다고 하니[43] 이번 기회에 마에 도전해보세요.

육아휴직과
경력단절

시금치토마토프리타타

부엌에서 설거지를 하고 있는데 조직개편에 대한 메일 알람이 떴다. 분홍색 고무장갑을 벗고 회사 모바일 앱에 접속해보았지만 휴직자인 나는 당연히 메일 열람 권한이 없었다. 접속 권한을 해제하기 전에 앱 알람 설정을 꺼놓았어야 했는데, 보지도 못하는 메일이 자꾸 오니 괜히 궁금해서 몸이 달았다.

운 좋게도 회사는 육아휴직을 권고하는 분위기였다. 휴직자에게 불이익을 주는 경우도 없었다. 팀원들도 나의 육아휴직을 응원하고 축하해줬다. 하지만 휴직으로 발생하는 업무 공백은 확실히 다른 차원의 논의였다.

당시 임신 말기의 맛탕에겐 자세히 말할 수 없어서 혼자 끙끙대며 속앓이를 했다. 육아휴직 이후에 나는 어떻게 될까. 지금 팀으로 돌아올 수 있을까. 나는 단지 6개월의 육아휴직일 뿐인데도 이런데 임신과 출산, 육아휴직으로 오래 직장을 떠나야 하는 여자들의 심정은 어떨까 싶었다.

2019년 여성가족부가 발표한 「경력단절 여성 실태조사」에 따르면 6,020명의 설문조사 결과, 임신, 출산, 양육, 가족돌봄 등으로 경력단절을 경험한 여성이 전체의 35%다. 육아휴직 후 직장으로 복귀한 비율은 43.2%로 절반에 미치지 못하며, 다시 일자리를 얻기까지는 평균 7.8년이 걸렸다.

고백하자면, 기혼 남성인 나는 경력단절에 대해 깊게 생각해본 적이 없었다. 부끄럽지만, 출산이 내 경력을 가로막을 거란 두려움을 느껴본 적 없었다. 7.8년. 아이가 태어나 초등학교에 들어갈 때까지의 시간이다. 결코 짧은 시간이 아니다. 그런데 이상하지 않은가. 그 긴 시간 동안 아이가 저절로 자라는 게 아닌데, 나는 왜 아무 걱정을 하지 않았을까.

문득 밤마다 그림을 그리던 맛탕의 모습이 떠올랐다. 아무리 피곤해도 펜을 놓지 않고, 그만 쉬라고 해도 아내는 꼭 하루에 한 장씩 그림을 그렸다. 처음엔 아내가 자기만의 시간을 갖고 싶어서 그런 줄 알았는데, 가만히 생각해보니 어쩌면 그게 전부가 아닌 것 같았다. 아마도 아내는 스스로를 지키려고 했던 게 아닐까. 애석하게도 나로부터. 6개월 육아휴직은 해도, 경력단절은 단 한 번도 고려해보지 않은 기혼 남성인 나로부터 아내는 자신의 경력을 지키고자 혼자 분투했던 것이다.

성평등 한 척하며 살았지만 나는 사회가 주는 혜택을 꼬박꼬박 챙겨 먹었다. 굳이 양보하지 않았다. 심지어 아내에게까지 양보하지 않았으며, 앞으로도 양보할 생각이 없었다는 사실을 나는 육아휴직을 하며 겨우 깨달았다.

오늘 메뉴는 내 마음대로 정했다. 달걀이 두툼하게 들어간 시금치토마토프리타타에 치즈를 잔뜩 올려 먹어야겠다고 생각했다. 프리타타는 이탈리아식 달걀찜으로 만들기 간편한 한 끼 식사다. 부드러운 달걀과 고소하고 짭조름한 치즈, 양파의 달콤함, 토마토의 산미와 시금치의 깊고 풍부한 감칠맛이 어우러져 다채로우면서도 조화로운 맛을 느낄 수 있는 이탈리아식 집밥이다.

집밥이니만큼 조리 방법은 간단하다. 냉장고에 있는 각종 채소들을 올리브유에 볶다가 달걀물을 넣어 익히면 그만이다.

먼저 양파를 중불에 볶았다. 양파에서 나오는 물기가 점점 사라지고 투명해지면 토마토와 시금치를 넣고 숨이 죽었다고 느껴질 때까지 살짝 볶았다. 채소들끼리 어우러질 수 있도록 볶은 다음엔 미리 풀어둔 달걀물을 팬에 부었다. 달걀물이 들어가면 팬의 온도가 떨어진다. 하지만 달걀은 금방 익으니까 타지 않게 약불로 조절했다. 팬의 뚜껑을 덮고 달걀 밑바닥이 노릇노릇 구워지면 이제 프리타타의 하이라이트, 뒤집기 차례다.

전이나 부침개처럼 집기를 쓰거나 던져서 뒤집는 게 아니다. 스페인식 오믈렛 토르티야처럼 접시를 사용해야 둥그런 모양이 흐트러지지 않는다. 팬과 사이즈가 비슷한 접시를 팬 위에 뚜껑처럼 덮고 공중에서 과감하게 팬과 접시를 180도 돌리면 된다. 이때 조금이라도 우물쭈물하다가는 망친다. 뒤집기로 결정했으면 뒤 돌아보지 말고 오직 눈앞의 것에 집중해야 한다.

영화 〈아메리칸 셰프〉의 크레디트 영상에는 영화의 실제 인물이자, 영화 전반에 자문을 한 로이 최 셰프가 존 파브로 감독에게 치즈그릴샌드위치의 조리 방법을 가르쳐주는 영상이 나온다. 특유의 집중하는 표정으로 불판에서 지글지글 구워지는 샌드위치를 바라보던 로이 최 셰프는 존 파브로 감독에게 샌드위치를 맛있게 만드는 특급 비법을 알려주겠다며 이렇게 말한다.

"다른 건 생각하지 말아요.
이게 지금 세상에서 유일한 거예요.
이걸 망치면 세상을 망치는 거예요."

왼손은 접시를, 오른손은 팬의 손잡이를 잡고 나는 잠시 심호흡을 했다. 아무것도 생각하지 않았다. 오직 프리타타를 잘 뒤집어 저녁을 맛있게 먹어야겠다는 일념뿐이었다.

"하나, 둘, 셋!"

노랗고 노릇노릇하게 구워진 프리타타 위에 치즈를 듬뿍 올려 식탁에 올렸다. 맛탕은 식사를 하며 오늘 마꼬에게 있었던 일을 신나게 얘기했다. 종종 마꼬의 흉내를 냈는데 엄마와 아들의 표정이 똑같아 웃지 않을 수 없었다. 나는 프리타타를 먹으며 문득 깨달음을 얻은 사람처럼 이렇게 생각했다. '내가 무엇을 놓쳤는지가 아니라 내가 무엇을 지켰는지' 스스로에게 물어보았다. 답은 눈앞에 있었다.

○ 깜박 잊고 달걀물에 간을 안 한 적이 있었는데 뭔가 심심하더라고요. 다음부턴 잊지 않고 간을 하는데, 소금 대신 파르메산 치즈가루를 넣어도 괜찮더라고요. 혹시 모를 달걀의 비린 맛을 잡기 위해 후추 소량과 미림 1작은술도 넣고, 고소함을 배가시키기 위해 우유도 소량 넣으면 좀 더 맛있는 프리타타가 될 거예요.

○ 양면을 굽지 않고 안전하게 약불에서 뚜껑을 덮고 익히는 방법도 있어요. 익히면 식감이 보들보들하고요. 구우면 바삭해서 맛있어요. 취향에 맞게 해보셔요!

○ "토마토가 빨갛게 익으면 의사 얼굴이 파랗게 된다"라는 말이 있죠. 그만큼 토마토는 건강에 좋은 식품인데요. 토마토의 붉은색을 만드는 라이코펜은 노화의 원인이 되는 활성산소를 배출시켜 출산 후 피로 해소에 좋아요. 라이코펜은 가열할수록 흡수율이 높아지니, 생으로 먹는 것보다 조리해서 드시는 게 좋아요. 비타민C도 풍부하고, 비타민K도 있어서 칼슘이 빠져나가는 걸 막아줘 산모에게 도움을 줘요.[44] 이외에도 비타민과 미네랄이 아주 다양하니, 종합 영양제와 다름없는 토마토 많이 드시고 건강하세요!

다시 출근하는
그대에게

오리가슴살스테이크

맛탕은 내게 몇 번이고 확인했다.

"괜찮겠어?"

내가 육아휴직을 하는 동안 본인이 다시 일을 해도 괜찮겠냐고 물었다.

"혼자서 아이를 돌볼 수 있겠어?"

그 질문은 나를 못 믿어서 하는 게 아니었다. '아내'인 본인이 다시 일을 하는 동안 '남편'인 내가 서포트를 해줄 수 있는지 묻는 질문이었다. 맛탕은 임신과 출산, 육아로 예전처럼 일을 하지 못할까 봐 두려워했다. 그때까지만 해도 나는 아내가 느끼는 두려움의 깊이와 강도를 헤아리지 못했다. 그런데 그 질문을 던지는 아내의 눈빛에서 나는 묘한 기시감을 느꼈다. 그것은 누군가와 정확히 닮아 있었다.

몇 년 전, 동료의 결혼식장에서 오랜만에 방송작가 선배를 만났다. 선배는 돌이 갓 지난 아이를 유아차에 태우고 식사를 하고 있었다. 글을 잘 쓰기로 유명했던 선배는 아이를 출산하고 더 이상 일을 하지 못했다. 선배는 지금 생활이 만족스럽다고 했지만 이대로도 괜찮은 건지 불안해했다. 식사를 마칠 즈음 나는 선배에게 언제 다시 복귀하실 수 있는지 물었다. 선배는 눈을 작게 뜨고 한숨 같은 문장을 내뱉었다.

"그럴 수 없어."

선배는 아이를 데리고 먼저 일어났다.

예전 회사의 한 여자 동료도 생각났다. 친한 사이는 아니지만 오며 가며 인사를 했던 대리님은 일을 깔끔하게 잘하는 편이었다. 그런데 그런 그녀가 육아휴직을 마치고 복귀를 하지 못했다. 아이를 맡길 곳이 없어서 일을 그만둬야 했던 것이다. 마지막 날 눈시울을 붉히던 그녀에게 나는 어떻게 안녕을 고했던가. 기억나지 않는다. 그땐 그녀의 마음을 짐작조차 못 했으니까. 웃고 울며 일했던 그녀의 회사생활이 작은 상자로 치환되었다. 그 상자엔 그녀의 출산 전 모습만 담길 수 있었다. 짐을 들고 집으로 돌아간 그녀의 마음은 어땠을까. 아무것도 모르는 아이를 보고 그녀는 평소처럼 웃을 수 있었을까.

아내는 골똘히 골몰하는 나를 조용히 기다렸다. 나는 대사를 잊은 연극배우처럼 멍하니 아내의 눈을 바라보고 있었다. 아내가 다시 괜찮겠냐고 물었다. 누구보다 그림 그리는 걸 사랑하고 동료들과 작업하는 걸 즐기는 맛탕이 그림을 그리지 못한다면? 나는 도저히 상상할 수 없었다. 어쩌면 그건 아내가 아닐 것이다. 나는 그제야 정신을 차려 겨우 답했다.

"건강이 허락하는 한, 맛탕 마음대로 해."

맛탕이 10개월 동안 아이를 위해 고생했으니, 이번엔 내 차례라고 했다.

출산 후 세 달이 되었을 즈음, 맛탕은 '예술인 파견 지원' 사업에 합격해 첫 출근을 했다. 한 달에 30시간만 하는 업무라 많은 체력을 소모하진 않았다. 하지만 이를 시작으로 아내는 일러스트 외주 일을 받아서 했다. 매일 마꼬와 포카를 그리는 개인 작업뿐 아니라 겨울을 목표로 동료들과 공동 전시회를 준비했다.

아내가 일을 하러 나가는 횟수가 느는 만큼 혼자서 마꼬와 있는 날도 늘었다. 엄마보단 못하지만 다행히 마꼬가 아빠를 좋아라 했다. 나도 마꼬와 있는 게 좋았다. 허투루 하는 말이 아니라, 아이가 매일 성장하는 모습을 곁에서 볼 수 있는 건 더할 나위 없는 행운이었다.

하지만 그 행운을 온전히 기쁘게 받아들이기엔 혼자 하는 육아는 벅찼다. 마꼬뿐 아니라 포카까지 챙겨야 하니 정신이 없었다.

포카가 실외 배변만 하기 때문에(반려견에겐 정서적으로 좋은 거다) 마꼬를 힙시트에 둘러업고 포카 산책을 하러 가는 경우도 있었다. 집이 경사가 높은 산 아랫자락에 있어서 산책을 마치고 돌아오면 온몸이 땀에 절었다.

체력도 달렸지만, 무엇보다 시간이 없었다. 왜 산모들이 냉동해둔 미역국만 먹는지 알 것 같았다. 살림하랴 육아하랴 밥 먹을 시간이 부족했다. 간장에 밥 비벼 먹으면 그나마 다행이었다. 마꼬는 울고, 포카는 심심하다며 뛰고, 집은 엉망진창이고, 말 못 하는 두 녀석과 하루 종일 붙어 있다 보면 가슴 한편이 답답해서 뻐근할 지경이었다. 마꼬를 목욕시키고 겨우 재우고 나면 맥주를 마셨다. 맥주가 유일한 숨통이었다.

'어떻게 혼자서 아이를 키울 수 있을까.'

맥주를 마시며 늘 생각했다. 여자들은 어떻게 이런 일상을 매일 반복하는 걸까. 왜 이런 상황을 사회는 당연하게 여기는 걸까. 임신으로 10개월 동안 고생하고 온몸의 뼈마디가 부서질 정도의 고통을 견뎌내 아이를 낳았는데, 육아도 왜 (주로) 여자가 하는 걸까. 아직 몸도 회복 안 됐는데, 그것도 독박으로.

이쯤 되자 나는 진심으로 궁금해졌다. 법과 제도를 이렇게 설계해놓고 출산율 얘기는 왜 꺼내는 걸까. 국회의원들은 독박육아를 한 번이라도 해봤을까. 국회에 여성의 수가 적어서 이 모양 이 꼴인 걸까. 엄마란 이름으로, 모성애 신화와 서사를 여성에게 씌우면서 그들이 숨기고자 하는 건 대체 뭘까.

여성 저널 〈일다〉에 게재된 '통계를 통해 보는 여성 노동 50년의 변화'에 따르면, 20대 여성은 남성보다 고용률이 높은데 반해, 30대엔 여성의 고용률이 급락했다. 특히 35~39세 성별 고용률 격차는 31.2%나 된다. 필자인 한국여성정책연구원 소속 김난주 부연구위원은 결혼, 임신, 출산, 육아에 따른 여성의 경력단절을 그 이유로 꼽았다.

> 한국에서 남성에게 결혼은 안정적인 경력 형성의
> 출발이 되지만 여성은 전혀 다르다는 것이
> '연령별 성별 고용률' 통계에서 수년간 증명되고 있다.[45]

나는 통계를 보며 여성의 성 역할일 뿐인 '모성'을 성스럽게 만들고, 이를 이용하여 30대 여성에게 육아란 짐을 홀로 짊어지도록 했던 지난 세월이 무섭게 느껴졌다. 아이가 태어나고 자라기까지 필요한 건 수많은 '82년생 김지영'의 경력단절이 아닐 텐데, 왜 우리 사회는 30대 여성의 희생을 자양분으로 아이를 키우는 걸까.

이렇게 말하는 나조차도 육아휴직이 끝나면 어떻게 해야 할지 고민이 됐다. 나의 업무 복귀는 곧 아내의 독박육아 시작을 의미했다. 우리처럼 육아를 지원해줄 수 있는 가족이 없거나, 베이비 시터를 고용할 정도로 경제적 여유가 없는 경우는 부부 중 한 사람이 경력을 포기할 확률이 높았다. 우리 부부는 육아휴직 동안 여러 번 대화를 시도했지만 번번이 현실적인 해결 방법을 찾지 못했다.

다시 출근하는 아내를 보는 내 마음은 그래서 복잡했다. 고맙고 미안했다. 뭐라도 해주고 싶은 마음에 나는 아내에게 특별한 요리를 해주기로 했다.

○———

오늘 메뉴는 오리가슴살스테이크다. 재래시장에서 오리 한 마리를 사며 가슴살을 따로 분리해 달라고 주문했다.

우선 오리가슴살에 칼집을 내고 소금과 후추를 뿌려두었다. 가슴살의 껍질에서 기름이 많이 나오기 때문에 팬에 올리브유를 조금만 두르고 껍질부터 굽기 시작했다. 색이 갈색으로 변하면 뒤집어서 골고루 구웠다. 오리가슴살스테이크는 미디엄 레어가 맛있다는데, 아내의 취향은 웰던이라서 충분히 구웠다. 어느 정도 익으면 버터를 넣고 기름을 스테이크에 끼얹은 다음, 접시에 옮겨 10분 정도 레스팅 했다. 그동안 재빨리 소스를 만들었다.

둥그렇게 썬 당근을 끓는 물에 적당히 익혔다. 오렌지를 으깨 즙을 만든 다음, 냄비에 오렌지즙과 당근을 넣고 끓였다. 수분이 충분히 날아간 것 같으면 버터를 넣고 조렸다. 레스팅이 끝난 스테이크를 자르고 그 옆에 소스를 담았다.

오리가슴살스테이크와 함께 연근샐러드, 찐 감자, 맷돌호박수프를 식탁에 올렸다. 그 어느 때보다 정성을 쏟은 덕분에 식탁이 풍성하고 예뻤다. 다행히 음식 맛도 괜찮았다. 오리가슴살스테이크는 처음 먹어봤는데 전혀 질기거나 뻑뻑하지 않았다. 껍질이 잘 구워져서 바삭했고 웰던으로 구운 속살은 생각보다 연하고 고소했다. 특히 오렌지 소스가 오리고기와 그렇게 잘 어울릴 줄 몰랐다. 새콤달콤한 오렌지와 고소한 버터를 담뿍 흡수한 당근이 달달하니 환상적이었다.

맛탕은 좋아하는 일을 다시 시작하게 되어 한결 얼굴 표정이 좋아졌다. 생기가 돌았다. 새로운 사람들을 만나 좋은 에너지를 받은 덕분에 집에 돌아와서도 예전처럼 기운이 뻗쳤다. 유치원에 다녀온 꼬마 아이처럼 오늘 하루 있었던 일들을 미주알고주알 한참을 좋알댔다. 반나절 못 봤을 뿐인데 너무 보고 싶었다며 마꼬와 신나게 놀았다.

즐거워하는 아내를 보면서 나는 두 사람이 다시 떠올랐다. 결혼식장에서 만났던 방송작가 선배와 회사 동료였던 대리님은 어떻게 지낼까. 이제 아이들이 제법 컸을 텐데. 남편들이 육아휴직을 한다면 그들도 다시 일할 수 있을 텐데. 내가 상관할 바 아니라는 생각이 들면서도 나마저 모른 척할 순 없을 것 같았다. 혼자서 육아하는 사람의 마음을 나는 이제 이해하게 되었으니까. 더 이상 그녀들이 나와 무관하지 않게 느껴졌다.

○ 이번 요리는 tvN 〈수미네 반찬〉에서 최현석 셰프가 보여준 레시피를 참고했어요. 최현석 셰프는 오렌지주스를 사용해서 소스를 만들던데, 오렌지주스엔 설탕이 많이 들어 있어요. 저는 산모가 먹을 걸 감안해서 집에 있는 오렌지를 착즙해 사용했어요.

○ 오리고기는 불포화 지방산과 필수 아미노산이 풍부해 보양식으로 많이 알려져 있죠. 실제로 다른 육류보다 포화지방산이 적고, 불포화 지방산과 필수 지방산이 많아서 몸에 좋은 기름이라고 하는데요.[46] 육류 중 유일하게 알칼리성을 띄어서 몸의 산성화를 막아주니 산후조리로도 괜찮아요.

세종대왕이 바랐던
육아휴직

대파육개장

가끔은 세상이 대놓고 남자들의 육아를 방해하는 것 같았다. 참여하지 않아도 좋다는 사인을 은밀하게 보내는 걸까. 도대체가 남자화장실에 기저귀 교환대가 없다. 휴게소, 공원, 놀이터, 마트 등 심지어 정부에서 운영하는 미술관 건물에도 없다. 뿐이랴. 아기쉼터(수유실)는 남자 출입이 불가하다는 안내 문구까지 붙어 있다. 얼마나 이상한 사람들이 많았으면 그랬을까 싶다가도, 세상에 남자 혼자 혹은 남자 둘이서 아이를 돌보는 경우도 있을 텐데, 그 사람들은 마음이 어떨까 싶었다. 저깟 공중화장실 때문에 남자들이 아이를 키울 권리를 박탈당할 순 없었다. 그래서 나와 맛탕은 눈에 띌 때마다 불편신고 접수를 했다.

공공시설보다 불편한 건 언제나 공공의 시선이었다. 아내가 일하러 간 사이 마꼬를 품에 안고 여기저기 돌아다니다 보면 사람들이 자꾸만 나를 쳐다봤다. 평일 오후, 놀이터, 공원, 소아과 병원, 재래시장에 갈 때면 시선이 내게 집중됐다. 원체 남들 시선 신경 안 쓰는 편이지만, 그렇다고 시선에서 자유로운 건 아니다. 아니 대체 왜! 남자가 육아가 좀 하겠다는데!

그 시선이 회사에서라고 다를까. 친구들과 이야기를 나눠보면 여전히 휴직을 사용하기 어려운 분위기란다. 승진을 포기하거나, 좌천이나 퇴직하기 전에 하는 게 남성 육아휴직이라고 한다. 남자가 육아에 참여하는 게 왜 밉보일 일일까. 없는 법을 재정해달라는 것도 아니고 있는 법과 제도를 사용하겠다는데, 왜 대체 그런 눈으로 보시는지.

원래 우리는 이런 민족인가 싶지만 지금으로부터 약 600여 년 전, 세종대왕 때 이미 남성 육아휴직 제도가 있었다. 관비가 출산 후 일주일 만에 복귀해야 했던 제도를 세종대왕은 세 번에 걸쳐 개정하였다. 산후 휴가를 7일에서 100일로 늘리고(1426년), 출산 한 달 전 관비의 업무를 면제하는 산전휴가 30일(1430년)을 주는 것에서 그치지 않고, 관비의 남편에게도 한 달의 육아휴직(1434년)을 주었다. 아이뿐 아니라 아내를 보살피라는 차원에서 세종대왕은 남성 출산휴가 제도를 개설했던 것이다.

당시 유럽에선 1430년대를 기점으로 200년간 마녀사냥이라는 여성 학살이 벌어졌다. 조선 역시 여성의 지위가 낮았다는 시대상을 고려하면, 이는 동서양을 막론하고 시대를 훨씬 앞서간 정책이었다. 600여 년 전에 무려 공동육아라니, 우리가 그런 민족이었다니!

그렇다면 지금 우리는 어떨까. 2007년 육아휴직이 처음 도입되었을 때만 해도 남성 육아휴직자는 310명에 그쳤다. 지지부진하던 이용률이 조금씩 증가하더니 2020년 휴직자 비율이 치솟았다. 고용노동부에 따르면, 남성 육아휴직자가 2만 7,423명으로 전년대비 23% 증가했다. 뿐만 아니라 전체 육아휴직자 가운데 남성비율이 24.5%에 이르렀다. 4명 중 1명이 남자 육아휴직자라니, 상당히 반가운 소식 아닌가.

하지만 사용자의 대부분이 공무원과 대기업, 300인 이상의 기업 종사자라는 점은 한계다. 그만큼 육아휴직은 경제적 타격이 크다. 2019년에 유니세프가 발간한 「가족친화정책 연구보고서」에 따르면, 노르웨이는 육아휴직자의 소득대체율이 97.9%, 오스트리아는 80%로 매우 높은 수준이다. 반면 현재 한국의 육아휴직 소득대체율은 통상임금의 29.5%로 매우 낮은 실정이다.

단순히 정부지원금이 낮다고 투덜대는 게 아니다. 지원금은 여성의 육아우울증, 경력단절과 밀접한 관계가 있다. 이 두 가지를 해결하려면 공동육아 내지는 남성의 육아휴직이 이뤄져야 하는데, 현재 제도적으로 가능하다고 해도 지금 같은 정부지원금 수준이면 그림의 떡이다. 맞벌이는 고민이라도 할 수 있지만 외벌이는 꿈도 꾸지 못한다. 직업이 없거나 취업준비생, 학생에게도 정부지원금을 주는 스웨덴과 비교되는 지점이다.

우리 부부는 적금 다 깨고 대출과 카드 빚으로 육아휴직을 버텼다. 이런 상황이니 육아가 지옥이란 말이 절로 나오는 게 아닐까. 지옥은 부모 개개인의 마음에 있는 게 아니라 통장에 있다. 더 정확하게 얘기하자면, 지옥은 법과 제도에 있다. 지옥 속에서 자라야 하는 아이들에게 미안하다면 제도가 바뀌어야 한다.

세종대왕이 작금의 시대를 보면 어떤 말씀을 하실까. 출산율이 1%도 안 되고, 육아가 지옥이라는 백성들의 한탄을 어떻게 받아들이실까.

—◯

나는 그만 도마 위에 있는 고사리와 대파를 자르기 시작했다. 세종대왕이 아내를 보살피라는 차원에서 남성의 출산휴가 제도를 마련한 것처럼 나는 아내를 위해 오늘도 산후조리 식탁을 차렸다. 아내가 좋아하는 고사리를 마구 넣어 한국의 대표 보양식인 육개장을 끓였다.

일단 소고기 양지를 찬물에 30분 정도 담가 핏물을 빼고 미리 준비한 다시마 육수에 30~40분 삶았다. 그동안 숙주를 데쳐서 찬물에 식혀놓고, 대파와 고사리도 다듬었다. 30~40분이 지나 육수는 잠시 보관해두고 잘 삶아진 양지를 꺼내 칼로 썰었다. 냄비에 참기름을 두르고 다진 마늘을 넣어 기름에 향이 배일 수 있도록 했다. 여기에 고춧가루를 뿌려 고추기름을 만들었다. 고춧가루가 타기 전에 미리 밑간 해둔 채소들을 볶다가 숨이 죽으면 육수와 소고기를 넣고 혹시 모를 누린내를 없애기 위해 다진 생강도 손톱만큼 넣어주었다. 맛을 보고 간을 하면 되는데, 산후조리 용이라서 나는 싱겁게 간을 했다. 이제 모든 재료가 뭉근하게 익을 때까지 끓이면 완성이다.

다시마 육수에 소고기와 각종 채소를 넣고 끓인 육개장 국물은 맛이 깊고 풍부했다. 특히 고사리 특유의 구수한 맛이 소고기와 잘 어울렸다. 자칫 무거울 수 있는 맛은 시원하고 아삭거리는 숙주가 잡아줬다. 무엇보다 신의 한 수는 대파였다. 대파의 향이 고기 누린내를 없앴다. 열이 가해져 달달해진 대파는 전체적으로 육개장의 풍미를 살려줬다.

환절기 감기 기운이 뚝 떨어지도록 우리는 땀을 빼며 육개장을 먹었다. 세종대왕의 육아휴직 이야기를 들은 맛탕은 물었다.

"그땐 남자가 부엌에 들어가지 않았잖아. 그럼 누가 아내 미역국 끓여줬어?"

"모르지. 시대를 앞서간 남편이 있었을지."

나는 잠시 뜸을 들이다가 말했다.

"이거 사극 드라마 소재 같지 않아? 저번에 말했던 산후조리 글 있잖아. 그걸 조선시대 버전으로 써볼까?"

아내는 고개를 가로저으며 말했다.

"그 시대 이야기가 흥미롭긴 한데, 내 느낌엔 토토의 글은 지금 시대에 필요해."

"그런가? 잘 모르겠어. 이런 걸 누가 읽을까 싶기도 해."

아내는 그런 건 신경 쓰지 말라면서 용기를 북돋아줬다.

"잘하려고 하지 말고 계속 써봐. 누군가는 알아볼 거야."

다음날, 나는 또 마꼬를 안고 이리저리 빨빨 돌아다니며 세상 구경을 시켜줬다. 천변에서 어미와 새끼 오리들이 일광욕을 하며 뒤뚱거렸고, 바람에 말갛게 씻긴 나뭇잎들이 소녀들의 귀걸이처럼 반짝거렸다. 평일 오후, 한낮 평화로운 이 세상이 지옥일 리가 없었다. 아내를 보살피고 아이를 돌보는 지금 내 모습이 세종대왕이 바랐던 육아휴직이 아니었을까. 육아휴직을 하지 않았다면 몰랐을 세상의 풍경을 나는 마꼬와 사이좋게 나눠가졌다.

그리고 나는 틈나는 대로 산후조리 관련 글을 써서 블로그와 브런치에 올리기 시작했다. 제목은 '아내를 위한 식탁'으로 정했다.

○ 육개장은 하루 지나야 진짜 맛있어지더라고요. 원래 육개장은 푹 고아서 먹는 거긴 한데, 어느 세월에 그걸 기다리겠어요. 시간을 단축하려면 밑간을 해야 해요. 볼에 숙주와 대파, 고사리를 넣고 국간장과 다진 마늘, 고춧가루를 넣어서 밑간을 해줘요. 마찬가지로 삶은 양지고기에도 밑간을 하면 오래 끓이지 않아도 오래 끓인 맛을 낼 수 있어요.

○ 대파는 특이하게도 파란색 녹황색 채소와 흰색 뿌리 부분이 있어서 다양한 영양소를 섭취할 수 있는데요. 녹색 부분에는 비타민A가, 흰색 부분에는 비타민C가 풍부해요. 단백질, 칼슘, 칼륨, 철, 인, 엽산 등도 많아 감기 예방과 피로 해소에 도움을 줘요.[47] 대파를 육류와 함께 먹으면 콜레스테롤이 체내에 흡수되는 걸 억제해준다고 하니, 꼭 챙겨 드세요!

○ 맛도 훌륭하지만 고사리는 영양가도 높은 채소예요. 무엇보다 건조한 고사리는 엽산 함량이 매우 풍부해요. 엽산이 부족하면 임신 중 선천성 기형이 생길 수 있고, 수유 중에는 유선 발달을 저해해요. 엽산의 일일 권장 섭취량은 400㎍이고(15세 이상), 수유 시 150㎍ 추가 보충이 권장돼요.[48] 건고사리는 엽산 398㎍을 함유하고 있으니 큰 도움이 되겠죠. 또한 고사리는 칼로리가 낮고 섬유질은 풍부하여 배변활동에 도움을 주고, 단백질과 칼슘, 아연, 철분을 함유하고 있어요. 육개장뿐 아니라 고등어김치찜에 넣어 먹어도 정말 맛있어요.

아이는 저절로
크지 않는다

소갈비찜

마꼬가 백일이 되자 엄마는 집으로 떡 상자를 보내왔다. 상자를 열어보니 소복하니 하얀 백설기가 쌓여 있었다. 축하와 안녕과 무병장수를 기원하는 떡이라 했다. 옛 어른들은 백일 떡을 백 사람에게 나눠줘 아이의 백수를 기원했다. 우리 부부는 그렇게까진 못하고 소소하게 이웃 몇몇에게 떡을 나누기로 했다. 낱개로 포장하고 손편지를 썼다. 백일 동안 아이가 많이 울었을 텐데 이해해주서서 감사하다고 적었다.

마스크를 쓰고 마꼬와 함께 주택가인 이웃집을 돌며 떡을 나눴다. 꼬물꼬물한 마꼬를 건너다보며 이웃들은 아이가 벌써 백일이 되었냐며 축하해줬다. 우는 줄도 몰랐다는 사람도 있었고, 아이는 원래 우는 거라며 신경 쓰지 말라는 이웃도 있었다. 아이 떡은 공짜로 먹으면 안 된다면서 한 어르신은 아내 손에 만 원을 꼭 쥐어주었다. 우리는 집으로 돌아오며 마꼬에게 고맙다고 말했다. 어른이 된 후로 경험해보지 못했던 순수한 환대와 포옹을 마꼬 덕분에 느꼈으니까.

백일이 되기 하루 전엔 산후조리원에서 알게 된 조리원 동기들과 모임을 가졌다. 이제 겨우 엄마 아빠 태가 나는 여자 넷과 남자 둘, 사랑스러운 아이 넷이 모였다(당시는 5인 이상 사적모임 집합금지 시행 전이었습니다). 목도 가누지 못하는 아이들이 꼬물거리면서 울고 웃고 하는 모습을 보는 게 즐거웠다. 어른들은 아이를 챙기며 그간 육아 전선에서 겪었던 경험담을 나눴다.

우리 부부를 제외하곤 모두 독박육아 중이라서 엄마들은 사람이 가장 그리웠다고 했다. 대부분 밥 먹기도 어려워 얼려둔 미역국을 해동해서 대충 먹거나 그냥 굶는다고 했다. 두 엄마는 육아 스트레스 때문에 모유가 나오지 않아서 단유를 한 지 오래였다. 그중 한 명은 육아휴직 두 달 만에 출근했고, 다른 한 명은 육아휴직 후에 회사에서 복귀를 받아주지 않았다. 또 다른 엄마는 일 년을 채우고 복귀할 예정이지만 담당 업무가 사라져 복귀하면 어떤 일을 해야 할지 고민 중인 상황이었다. 나머지 한 명인 아내는 프리랜서라서 육아휴직 자체가 없었고, 대체할 만한 어떠한 정부지원도 받지 못했다. 남자들 중에 육아휴직을 계획 중이거나 쓴 사람은 내가 유일했다.

대부분의 회사가 여전히 육아휴직을 쓰면 매장 당하는 분위기였다. 쓰고 싶어도 정부지원금이 적어서 신청할 수 없는 경우도 있었다. 남자들이 육아휴직을 쓰지 못하니 여자들은 잠시라도 회사와 육아와 살림을 피해 산후조리원으로 피신을 갔다가, 몸이 다 풀리기도 전인 2~3주 차에 집으로 돌아가 독박육아를 시작했다. 사회가 개별 가정에 떠넘긴 육아를 여자 혼자 떠맡으면서도 혹시나 자신의 노력이 부족한 게 아닐지, 스트레스로 모유가 나오지 않는 젖가슴을 붙잡고 죄책감에 시달렸다. 경제적 가치로 환산되지 않는 돌봄노동, 그림자노동을 하는 여성들이 산후우울증을 겪는 건 결코 우연이 아니었다.

　그렇다면 이 모든 게 단지 남자들이 육아휴직을 못하기 때문일까. 서울시여성가족재단이 발표한 「2020년 서울시 성인지 통계」에 따르면, 서울의 만 15세 이상 여성의 하루 평균 가사노동 시간은 2시간 26분, 그에 반해 남성은 단 41분이었다. 통계청이 발표한 「2019년 생활시간 조사결과」에서도 비슷한 양상이었다. 심지어 여성이 일을 하고 남성이 무직인 경우에도 여성이 가사 일을 한 시간이 더 많았다. 가사노동이 이 정도인데 여기에 육아를 더해 조사했다면 어땠을까. 아마도 성별 비교 자체가 무의미해졌을 것이다. 인식과 세태가 변해 다른 모든 영역에서 성평등이 화두가 된 이 시대에 난공불락처럼 꿈쩍도 하지 않는 살림과 육아의 영역은 도대체 어떻게 받아들여야 할까.

아이가 귀해졌다면서 세상은 아이들을 환대한다. 하지만 그것과 별개로 세상은 마치 아이들이 저절로 크길 원하는 것 같다. 남편도 기업도 사회도 여성의 독박육아와 경력단절이 아니면 아이를 키울 수 없다는 걸 분명 알고 있다. 그럼에도 이쯤 되면 거의 묵인하는 게 아닌가 싶다. 여자 혼자만 참고 조용하면 되니까. 그러면 육아하는 여자를 제외한 모두가 행복하니까.

진심으로 묻고 싶어졌다. 왜 우리는 육아가 지옥이 될 때까지 내버려둔 걸까.

육아휴직 지원금을 늘리고, 대상 범위를 늘리는 것도 중요하지만 결국 중요한 건 성평등이다. 이 지옥에서 벗어나기 위해선 결국 육아의 성평등이 핵심이다. 인식 개선뿐 아니라 제도 개선을 할 때도 성평등을 기반으로 정책을 수립해야 한다. 남성에게 너희도 당해보라는 식이 아닌 함께 육아를 책임질 수 있도록 제도가 개선돼야 한다. 스웨덴처럼 부모의 육아휴직 사용을 의무화하는 건 어떨까. 더불어 기업에 어드밴티지를 줘서 복직 후에도 일자리가 온전할 거라는 명확한 보장이 필요하다.

문제는 저출생이 아니다. 여성의 고용 단절과 장시간 기관 돌봄 문제를 해결하는 데 사회가 관심을 가지지 않는다면 이 지옥은 계속될 수밖에 없다.

국제구호개발NGO에서 아동권리활동가로 일하는 나는 육아의 성평등이 아동의 권리뿐 아니라 여성 인권을 지키는 것이며, 사회로부터 남성의 육아할 권리를 되찾는 과정임을 육아휴직 동안 경험했다. 유엔아동권리협약에 명시된 것처럼 세상 모든 아이들이 안전한 환경에서 충분히 보호받고 발달할 권리가 있듯, 엄마와 아빠에게도 안전한 환경에서 육아를 할 권리가 있으며, 그 과정은 온전히 성평등 해야 할 것이다. 하지만 현실은 그렇지 않다는 걸 알기에, 육아를 하면 할수록 나만 행복하면 될 문제가 아니라고 생각했다.

남편이 차리는 산후조리 음식을 정리하고 육아휴직에 관한 글을 계속 썼던 건 그런 이유에서였다. 누군가는 공감해주길 바라는 마음으로, 그렇게 꼬박 백일을 보냈다.

━○

백일이 됐으니, 나는 이제 아내의 산후조리를 마무리하고자 했다. 마지막 요리로 나는 소갈비찜을 택했다. 아내는 어렸을 때부터 특별한 날이면 어김없이 소갈비찜을 먹었다고 했다. 결혼하고 나서도 아내는 중요한 날, 정성껏 만든 소갈비찜을 대접했다. 이번엔 내가 아내에게 소갈비찜을 만들어주고 싶었다.

시장에서 큰맘 먹고 튼실한 소갈비를 사서 집에 돌아오는데 아내가 물었다.

"내가 해줄까?"

"아니. 이번에 내가 해주려고 샀는데."

"내가 해줄게. 괜찮아."

마꼬를 재운 다음, 맛탕은 오랜만에 부엌에 들어가 팔을 걷어붙였다. 미리 찬물에 3시간 동안 담가 핏물을 뺀 소갈비에 칼집을 냈다. 그다음 소갈비를 뜨거운 물에 데쳐서 지방을 제거했다. 그동안 아내는 양념장을 준비했다. 진간장에 물과 다진 마늘, 다진 파를 넣고 설탕과 함께 사과를 갈아넣었다. 바로 끓일 줄 알았는데 아내는 보관 용기에 고기를 넣더니 양념장을 붓고 냉장고에 넣어두었다. 뭐 하는 거냐고 묻자 아내는 일단 자자고 했다.

다음날, 아내는 양념이 충분히 밴 고기를 보며 뿌듯해했다. 이제 진짜 요리를 할 시간이라고 했다.

우선 냄비에 고기와 양념장을 넣고 끓였다. 둥둥 뜬 기름은 건져냈다. 그동안 당근, 양파, 버섯, 고추, 파를 먹기 좋은 크기로 썰고, 고기가 익어가는 정도에 따라 순서대로 채소를 넣었다. 맛있는 냄새가 주방에 진동했다. 모든 재료가 푹 익으면 소갈비찜 완성이다.

내가 마꼬와 노는 동안 맛탕은 '남편을 위한 식탁'을 차렸다. 다른 반찬 낼 것 없이 갈비찜과 김치만 올려놓고 밥을 먹었다. 고기가 잘 익어 입에서 부드럽게 씹혔다. 간이 제대로 배어서 씹을수록 고소하니 맛있었다. 양념을 흡수한 당면과 포슬포슬한 감자, 달콤한 당근을 건져 밥과 함께 먹었다.

"맛있다."

밥그릇에 코를 박고 먹는 나를 보며 아내는 말했다.

"그동안 고생했어."

우리는 금방 밥 한 그릇을 비워냈다. 우리가 함께한 백일간의

3장. 아이는 저절로 크지 않는다

식사와 부엌에서 허둥대던 내 모습이 주마등처럼 스쳐 지나갔다. 그와 함께 출산과 육아, 모유수유를 하며 고생했던 장면들이 하나하나 떠올랐다. 모유수유를 하며 할퀴는 마꼬의 손톱을 참아내고, 새벽에 분유를 먹이다가 너무 졸린 나머지 젖병을 코에 물려 마꼬가 자지러지게 울고, 마꼬를 꽁꽁 싸매고 예방접종을 맞으러 갔던 날들, 말하자면 끝도 없는 지난 시간들. 돌이켜 생각해보면, 그 모든 장면들은 부모가 된 우리에게 늘 이렇게 말하는 듯했다.

'아이는 저절로 크지 않는다. 부모가 있는 힘껏 사랑해줘야 아이는 비로소 자란다.'

설거지를 마치고 나는 모유수유를 하는 맛탕에게 다가갔다. 마꼬는 있는 힘껏 모유를 먹고 있었다. 하도 열심히 빨아서 코에 땀이 송골송골 맺혔다. 뭐가 좋은지 작은 보조개가 보이도록 웃기도 했다. 포카도 다가와 우리의 턱을 핥고 꼬리를 말더니 곁에 누웠다. 나는 아내의 볼에 뽀뽀를 하며 말했다.

"그동안 고생했어."

포카에게도 동생 돌보느라 고생했다며 머리를 쓰다듬었다. 우리는 우리가 기특해서 서로를 토닥였다. 마꼬의 이마에 가볍게 뽀뽀를 하며 우리 네 식구는 조촐하게 백일을 축하했다.

해피엔딩인 줄
알았는데

버섯전골

그렇게 해피엔딩인 줄 알았다. 당연히 산후조리 이야기는 끝이 나고, 우리 가족은 영영 행복하게 잘 살 줄 알았다. 그런데 6개월 육아휴직을 마칠 때 즈음, 맛탕의 건강에 적신호가 켜졌다.

손바닥에 갑자기 투명하고 작은 물집이 돋아났다. 한포진이었다. 물집이 터지면서 빨갛게 번졌고, 아내는 가렵다며 괴로워했다. 갑상선 기능 저하증 판정도 받았다. 의사는 아내에게 그동안 어떻게 버텼냐고 물었다. 수치가 거의 바닥을 쳤다면서 그동안 많이 피곤했을 거라고 했다. 산후조리 기간 동안 몸을 잘 움직이지 못하고 피로했던 게 알고 보니 갑상선 저하증이었던 것이다. 여기서 끝이 아니었다. 갑상선 주위에 혹이 발견됐다. 검사 결과 아닐 수도 있지만 암일 수도 있다고 했다. 6개월 이상 예후를 지켜봐야 한다고 했다.

생각지도 못했다. 출산 후 호르몬에 이상이 생길 줄이야. 100일 간의 산후조리가 끝나고 이제 전처럼 건강을 회복한 줄 알았다. 산부인과에서 받았던 검진 결과도 정상이었다. 그런데 갑자기 이게 무슨 일인지, 맛탕도 나도 어안이 벙벙했다.

갑상선 관련 책들을 뒤져보니 출산 후 호르몬 변화는 흔한 질병이었다. 시대가 변해서 출산이 별 거 아니라고 얘기하는 사람도 있지만, 여전히 여자들은 출산으로 몸이 망가질 수 있다. 경력단절, 고용불안, 산후우울증, 육아우울증뿐 아니라, 때론 본인 의지와 상관없이 호르몬 변화로 인해 병을 얻기도 한다. 아이를 낳고 키운다는 게 여자의 인생에 어떤 의미인지 이제 나는 짐작조차 할 수 없게 되었다.

나는 독박육아 때문에 파업을 선언했던 요리를 다시 시작했다. 한의원에서 아내가 체질상 고기와 유제품이 맞지 않는다며 채식을 권했기 때문이다. 내가 본 책에서도 갑상선 저하증 같은 호르몬 이상의 질병은 고기와 유제품이 병을 악화시키는 독소로 작용할 수 있다고 했다.[49] 하지만 식단을 바꿨다고 금방 몸이 낫진 않았다. 아내는 계속 기운이 없었고 자주 탈이 났다. 갑상선에 난 혹이 암일 수도 아닐 수도 있었지만, 객관적으로 봤을 때 아내는 혼자서 육아를 감당할 수 없는 상태였다. 혹시 몰라 어린이집 신청을 진작 해뒀지만 인원이 밀려 언제 입소할지 기약이 없었다. 나는 고민 끝에 아내 간병을 사유로 회사에 육아휴직 6개월 연장 신청을 했다.

아내는 미안해했지만 미안할 일이 아니었다. 건강과 육아는 그 어떤 것과도 타협할 수 없었다. 내겐 육아할 권리가 있고, 아이에 겐 안전하게 보호받을 권리가 있다. 하지만 대부분의 회사가 그렇지 않다는 걸 모르지 않는다. 육아휴직 연장 신청을 했다가 거절당해 퇴사했던 친구가 떠올랐다. 괜찮을 거라고 아내를 안심시켰지만 나 역시 반려당하면 어떻게 해야 할지 막막해서 잠을 설쳤다.

며칠 후, 회사에서 연락이 왔다. 몇 가지를 확인한 후, 사적인 이유는 묻지 않고 바로 결재 처리를 해줬다. 지난밤들이 민망할 정도로 간단했다. 이상한 말처럼 들리겠지만, 그 순간 나는 '안전'하다는 느낌을 받았다. 사회생활을 10년 넘게 하면서 처음 느껴보는 감정이었다. 진심으로 감사했다.

덕분에 우리 가족도 다시 안정을 찾았다. 맛탕은 고기와 유제품을 먹지 않는 페스코 식단으로 바꾼 후 몸이 점점 나아졌다. 고기를 안 먹으면 단백질이 부족할 거라고 생각하지만 채소만으로도 단백질 부족은 일어나지 않는다. 단적인 예로 브로콜리 100kcal 는 소고기스테이크 100kcal보다 단백질이 더 많다.[50] 녹황색 채소 외에도 두부나 콩, 비지, 현미, 견과류를 먹는 것만으로 단백질은 충분하다. 실제로 세계보건기구에서는 동물성 단백질과 식물성 단백질을 구분하지 않는다. 비타민B12 역시 동물성 단백질을 먹지 않으면 결핍이 일어날 수 있다고 알려져 있지만 이것도 김이

나 파래를 소량 먹는 것만으로 충분히 해결됐다.[51]

나도 아내를 따라 페스코 식단으로 바꿨다. 채식 위주로 식사를 하니 각종 미네랄과 식이섬유를 섭취해 전보다 몸이 건강해지고 가벼워졌다. 하지만 채식을 한다고 먹는 즐거움을 포기할 순 없었다. 따끈한 국물이 생각날 때면 우리는 버섯전골을 해 먹었다.

$=\!\!\!\bigcirc$

새송이버섯, 양송이버섯, 만갈래버섯, 느타리버섯, 표고버섯, 목이버섯, 팽이버섯을 냄비에 넉넉히 넣고 배추와 청경채, 양파도 함께 깔았다. 그 위에 대파와 고추, 다진 마늘을 쌓았다. 다시마와 채소로 우린 채수를 붓고 국간장 2큰술을 넣었다. 간은 기호에 따라 소금으로 조절하면 된다.

국물이 끓기 시작하면 샤브샤브처럼 채소를 건져 먹었다. 입 안에서 씹히는 쫄깃쫄깃한 버섯의 식감에 정신을 못 차릴 즈음, 국물에 두부면을 넣었다. 끓일수록 채소의 맛이 우러나 진국이 된 국물에 담뿍 적셔진 두부면은 고소하고 감칠맛이 있었다. 채소와 면을 모두 건져 먹은 다음엔 국물에 밥을 넣어 죽을 만들어 먹었다. 고기를 안 먹는다고 슬퍼할 이유가 전혀 없었다.

6개월 동안 맛탕은 서서히 건강을 되찾았다. 한포진은 사라졌고, 갑상선 저하증은 수치가 나아져 약으로 조절 가능하게 됐다. 갑상선에 난 혹도 예후가 좋아져 한시름 놓았다. 내가 육아에 전

넘하는 동안 아내는 다시 일을 시작해 생활비를 벌었다. 틈틈이 자신의 작품도 준비하여 그해 겨울엔 동료들과 함께 그룹 전시회를 열었다. 출산 전부터 그려온 포카의 그림 150점을 출품했다. 한쪽 벽면을 장식한 포카의 그림을 보면서 나는 여러 감정에 휩싸였다. 아내가 자랑스러웠고, 나도 자랑스러웠다. 누군가의 노동은 누군가의 가사돌봄이 있어야만 가능한 거니까.

우리 가족은 포카의 그림을 배경으로 사진을 찍었다. 아무것도 모르고 자기 그림 앞에서 사진을 찍는 포카가 귀여워 머리를 매만졌다. 엄마 품에 안긴 마꼬는 인상을 쓰며 쪽쪽이를 격하게 빨았다.

만일 내가 육아휴직을 연장하지 못했다면 어땠을까. 어쩌면 아내의 전시회는 열리지 못했을 것이다. 건강도 회복하지 못했을 거고, 마꼬는 제대로 된 돌봄을 받지 못했을 거다. 우리 가족은 더 큰 나락으로 곤두박질쳤을지도 모른다. 그렇게 생각하니 해피엔딩은 아니지만, 우리가 맞이한 지금 버전의 엔딩이 더없이 소중해졌다.

○ 저희 부부는 싱겁게 먹는 편이라 초간장을 찍어먹지 않는데요. 혹시 초간장이 필요하신 분은 이렇게 해보세요. 간장 2큰술, 식초 2큰술, 물 1큰술. 설탕은 기호에 따라 조절해서 만들어보세요. 여기에 연겨자를 넣으면 더 좋겠죠.

○ 비타민B12는 해조류인 생김, 파래, 미역, 다시마뿐 아니라 된장, 청국 장, 고추장, 맥주효모 등의 발효식품에도 있어요. 버섯류에도 있는데요. 표고버섯과 느타리버섯도 비타민B12를 함유하고 있어요. 말린 목이버 섯도 영양이 풍부해요. 버섯 중 비타민D가 가장 풍부하고 식이섬유도 가장 많이 함유하고 있어요. 새송이버섯은 대부분의 버섯에 없는 비타 민B6와 비타민C를 갖고 있어요. 또한 필수 아미노산 9종을 함유하고 있으니, 버섯을 종류별로 골고루 챙겨 드셔보세요!

아이를 위한 식탁

이유식

마꼬는 이유식용 식탁에 앉아 우리가 밥 먹는 모습을 구경했다. 처음엔 전혀 관심이 없더니 5개월이 지나자 마꼬가 입을 오물거렸다. 코 가까이 쌀알 몇 개를 들이밀어 냄새를 맡게 해주자 침을 흘렸다. 드디어 이유식을 할 시기가 도래했음을 느꼈다. 그즈음, 건강에 이상신호가 온 맛탕은 모유수유를 끊었다. 아내는 수소문 끝에 마사지사를 집으로 불러 며칠 동안 모유를 모두 짜냈다. 가족 모두 대전환의 시기였다.

아픈 아내를 챙기며 마꼬의 이유식도 준비해야 해서 바빴다. 다행히 인터넷과 유튜브 등에 이유식 관련 정보가 넘쳐났다. 산후조리 관련 정보가 부족했던 것에 비하면 훨씬 수월했다. 하지만 이번엔 너무 많은 정보가 있어서 기준을 세우기가 어려웠다. 나는 좀 더 체계적으로 공부할 필요를 느끼고 당근마켓에서 이유식 책을 몇 권 사서 빠르게 독파했다. 목차에 있는 미음, 죽, 진밥, 된밥이 내가 치러야 할 챌린지 같았다.

레이스에 뛰어들기 전, 나는 기준을 세우고 싶었다. 많은 정보 속에서 어떤 방식으로 아이에게 도움을 줄지 정하고 싶었다. 그런 면에서 이유기는 단순한 식사 준비가 아니었다. 어떻게 아이를 키울 것인지, 부모의 철학이 필요한 시점이었다. 여러 책을 살펴본 끝에 나는 김수현 소장의 『알러지·아토피 걱정 없는 자연주의 이유식 만들기』를 많이 참조했다.

칼로리나 영양만 따진다면 시판 이유식도 괜찮은 선택지였다. 그런데 이유기는 단순 영양 섭취가 아닌 '올바른 식습관을 기르는 훈련 과정'이라는 문장이 머리에서 지워지지 않았다. 저자의 조언처럼 '유동식에서 고형식으로 넘어가는 훈련', '씹는 훈련, 넘기는 훈련, 위를 늘리는 훈련'을 통해 다양한 음식을 경험하고 밥 먹는 습관을 기를 수 있도록 도와주는 게 보호자의 역할이라 생각했다.

편하게 먹인다고 이유식을 젖병으로 먹이거나, 넘기기 쉽게 너무 곱게 갈아서 먹이는 건 지양했다. 많이 흘리고 대환장 파티를 벌이더라도 아이가 직접 먹도록 도왔다. 치아가 없어도 저작 작용을 해야 건강한 치아를 가질 수 있으므로 점점 건더기가 있는 고형물을 먹였다.

이유식에 들어가는 식재료는 월령에 맞게 천천히 시도했다. 아무리 영양가 좋은 식재료도 알레르기 반응이 일어나면 말짱 꽝이기 때문에 조심했다. 채소 위주로 식재료를 추가했고, 고단백질 위주의 식단은 지양했다. 아기는 아직 고단백질을 완벽히 분해하는 능력이 부족하다. 그런 아기에게 우유의 카제인 단백질, 달걀의 알부민 단백질(흰자), 밀가루의 글루텐 단백질처럼 고단백질을 주면 알레르기를 유발할 수 있다고 해서 멀리했다.

대신 미음을 줄 때부터 단백질 함량이 풍부한 현미를 사용했다. 현미는 흔히 알려진 것과 달리 아이가 먹기 어려운 곡식이 아니다. 5~6시간 물에 불렸다가 믹서로 곱게 갈아서 죽을 쒔다. 마꼬는 현미를 시작으로 차조, 수수, 보리, 귀리를 섞은 잡곡죽과 진밥을 먹었다. 또한 콩으로 단백질을 보충해주기도 했는데, 마꼬는 소화가 잘 되고 무른 편에 속하는 완두콩을 좋아했다. 작은 엄지와 검지로 완두콩을 집어먹는 마꼬가 귀여워서 나는 이유식에 완두콩을 종종 애용했다.

━○

이유식 만드는 방법은 간단하다. 미음은 불린 쌀을 곱게 갈아 물을 넣고 한참을 저어주다가 체에 밭쳐서 부드럽게 만들면 된다. 중기, 후기, 완료기에 따라 불린 쌀을 갈아주는 정도를 달리했을 뿐, 이유식을 만드는 방법은 같았다. 소량의 참기름이나 들기름으로 채소를 볶고 다시마 육수(채수나 멸치 육수도 가능)를 부은 다음, 불린 쌀을 넣어 눌어붙지 않게 계속 저어줬다. 물론 참기름과 들기름은 생략 가능하다.

다행히 마꼬는 대부분의 채소를 가리지 않고 먹었다. 매일같이 부지런히 이유식을 만들다가 알게 된 것은 산후조리 식재료로 사용했던 채소가 거의 이유식 식재료와 비슷하다는 것이었다. 감자, 고구마, 밤, 당근, 오이, 새송이버섯, 양송이버섯, 단호박, 애호박, 비트, 시금치, 냉이, 아욱, 브로콜리, 양배추, 콩, 두부, 순두부, 참깨, 들깨, 미역, 김 등 모두 맛과 향이 강하지 않고 독성이 없고 영양가가 풍부하며 우리 주변에서 쉽게 구할 수 있는 식재료였다.

이유기는 단지 영양보충을 위한 게 아니라 '올바른 식습관을 배우는' 시기가 맞았다. 마꼬는 손으로 만져보고 혀로 핥아보고 이로 씹어보면서 세상의 채소와 과일, 고기와 생선을 경험했다. 이유기를 거치며 나도 보호자로서 많이 배웠다. 힘겹게 만든 이유식을 먹지 않겠다고 할 땐 너무 속상했지만, 아이의 의견을 들어줬다. 한 살배기 아이라도 의견이 있다. 싫은 건 싫은 거다. 억지로 먹이지 않았다. 다시 만들어준 적도 많았고, 남은 건 내가 먹었다.

식사 시간이 즐거울 수 있도록 우리는 박수와 칭찬을 아끼지 않았다. 나 스스로도 믿기 어렵지만 종종 아이를 위해 율동과 춤을 추기도 했다. 나의 말도 안 되는 춤 솜씨 덕분(?)일까. 다행히 마꼬는 가리는 것 없이 식사 시간을 즐거워했다. 아마도 그래서였을 것이다.

"아빠라고 불러봐."

"맘마."

"마꼬야. 맘마 말고, 아!빠! 아빠!"

"맘!마! 맘마!"

마꼬는 육아휴직 내내 나를 '맘마'라고 불렀다.

저처럼 하면 곤란해져요!

○ 직접 이유식을 만드는 것만큼 보호자의 정성이 들어간 건 없겠죠. 그런데 이유식 매일 만드는 거 진짜 힘들어요. 한 번에 왕창 만들어서 냉동하는 방법도 있지만 힘든 건 매한가지예요. 그럴 땐 시판용 이유식을 먹였어요. 죄책감 갖지 말고 잘 먹어주는 아이에게 고마워해요, 우리.

아이를 위한 식재료, 좀 더 알아봐요!

○ 저는 동물성 단백질을 최대한 늦게 급식했어요. 고기 싫어하는 애들 없잖아요. 어차피 나중에 먹게 될 텐데, 조금이라도 늦게 먹이고 싶었어요. 또한 이의철 의사의 책 『조금씩 천천히 자연식물식』에 따르면 예전엔 성장기 아이들에게 동물성 단백질을 많이 먹였지만, 최근 연구들은 동물성 단백질이 비만, 당뇨병, 암세포 성장 등 여러 질병을 촉진한다고 해요. 동물성 단백질을 많이 먹은 어린이들이 간암에 걸리는 비율이 높았다는 연구 결과도 있어요.[52] 그래서 철분을 위해 6개월부터 꼭 먹여야 한다는 소고기도 저는 돌이 돼서야 줬어요. 시금치처럼 철분이 다량 함유된 채소만으로도 철분 결핍은 일어나지 않거든요. 입에 붙지 않는 이유식용 김이나 산패되지 않은 들깻가루 역시 철분을 포함한 미네랄의 보고이기 때문에 자주 애용했어요. 여기에 브로콜리와 같은 비타민C가 풍부한 채소를 더해 철분 흡수율을 높여주는 것도 방법이에요. 그래도 정 불안하다면 달걀 노른자에도 철분이 많으니, 알레르기 반응을 보고 급식해보세요.

미래의 마꼬가
현재의 포카에게

파프리카달걀찜

영화 〈미래의 미라이〉에서 오빠 쿤은 동생 미라이가 태어나 부모의 관심이 온통 동생에게 쏠리자 설움에 북받쳐 아기처럼 칭얼대며 퇴행 현상을 보이거나, 엄마 아빠가 없을 때 동생을 때리는 등 폭력적인 양상을 띠었다.

그래서였을까. 요즘 포카도 영 제멋대로였다. 잘하던 하우스 교육이 엉망이 됐다. 산책 흥분도가 높아져 줄을 당기는 게 심해졌다. 다행히 마꼬에겐 해코지를 하지 않았지만, 산책 중 다른 개에 대한 과반응이 강화되었다. 그런 포카의 줄 당김을 고쳐보려고 앞서거니 뒤서거니 하면서 싸우기도 많이 싸웠다. 다른 개를 보고 흥분하는 포카를 말리다가 벌컥 화를 내기도 했다. 막무가내인 사춘기 딸과 싸우는 꼰대 아빠가 된 심정이었다.

포카가 안쓰럽다고 마냥 잘해줄 수만은 없었다. 무엇보다 동네의 다른 개들과 보호자 분들에게 미안했다. 유튜브에 있는 반려견 훈련사들의 영상을 보고 공부하여 몇 가지를 포카에게 적용해보았다. 문제 행동을 교정할 때는 자율 급식보단 제한 급식이 낫다고 해서 바꿔보았다. 사료와 간식을 산책할 때만 줘서 포카가 나에게 집중할 수 있도록 했다. 그러려면 맛있는 간식이 필요했다.

브로콜리, 고구마, 닭가슴살, 삶은 달걀, 다진 돼지고기 등을 찌고 데치고 구워 밖에서 먹였다. 이론은 완벽했다. 그런데 웬걸. 내가 서툴러서인지 포카가 너무 똑똑한 건지, 받아먹을 건 다 받아먹고 짖을 건 또 다 짖었다. 에휴.

사람도 나쁜 습관을 바꾸기 어렵듯 반려견도 하루 이틀 교육한다고 바뀔 리가 없었다. 틈틈이 동물병원에서 하는 세미나와 이론교육, 실전교육 훈련에 참여했다. 그러다 지인을 통해 믿을 만한 행동치료 전문 수의사를 만나게 되었다. 긴 시간 동안 상담을 한 수의사는 말했다. 포카와 같은 포인터 믹스 견종은 놀랍게도 최소 16~17시간을 자야 한다고 했다. 밖에서는 폭발적으로 에너지를 쏟아내지만, 집에서는 푹 쉬게 해줘야 마음이 건강한 반려견이 될 수 있다고 했다.

우리 부부는 큰 충격을 받았다. 포카가 다른 개를 보고 짖는 것만 문제로 생각했지, 포카가 왜 그러는지 깊게 생각해보지 않았던 것이다.

포카에게도 포카만의 사정이 있었을 것이었다. 마꼬가 태어난 후, 동생을 지킨다며 잠을 제대로 자지 못한 게 치명적이었다. 극도로 예민해진 상태에서 마꼬를 택배 기사님들로부터 지켜야겠다며 짖기 시작했던 거고, 마꼬 예방접종 때문에 세 인간이 갑자기 집을 비우면 분리불안이 도졌던 거고, 마꼬 육아하느라 예전처럼 놀러가지 못해 스트레스가 점점 쌓였던 것이다. 포카도 일종의 육아우울증을 겪은 셈이다.

수의사는 상담 끝에 포카에게 신경 안정제를 처방했다. 우리는 처방을 받아들였다. 우리 부부가 더 간편하게 살기 위해서 선택한 게 아니다. 포카에겐 도움이 필요했다.

다음날부터 약을 사료에 섞어 먹였다. 포카는 산책을 다녀와선 눈을 끔뻑이다가 잠이 들었다. 마꼬가 소리 지르고 기어 다녀도 본체만체하며 누워 있는 시간이 길어졌다. 나는 안도의 한숨을 쉬며 포카 옆에서 함께 잠이 들었다.

꿈에서 지난 몇 개월 동안 있었던 몇몇 장면이 스쳐 지나갔다. 마꼬가 겨우 잠이 들면 포카는 기다렸다는 듯 장난감을 물고와 꼬리를 흔들었다. 하지만 이미 방전된 우리는 쓰러져 자기 바빴다. 뾰로통해진 포카가 혼자 장난감을 갖고 놀다가 삑삑- 소리를 내면 아이 깨니까 조용해야 한다며 장난감을 뺐었다. 그 말을 할 줄은 몰랐는데, 나는 포카에게 그 말을 하고 말았다.

"포카가 누나니까 좀만 참자."

생각해보면 매번 포카에게 참으라고 했다. 먹고 싶어도 참고,

놀고 싶어도 참고, 마꼬를 위해 포카는 늘 참아야 했다. 나도 아내도 집안에서 막내라 첫째의 설움을 모른다. 우리 부부의 사랑을 독차지하던 포카가 얼마나 큰 상실감을 겪었을지 짐작조차 할 수 없다.

———○

스트레스를 풀어줄 겸, 나는 포카에게 파프리카를 잘게 썰어 고기나 달걀과 함께 볶아서 줬다. 파프리카는 개에게 도움이 되는 채소다. 향이 강하지 않고 맵지 않으며 달콤한 파프리카는 각종 비타민과 미네랄이 많아 스트레스 해소에 도움이 되고 활기를 준다. 물론 산모에게도 좋으며, 이유식 중기가 되면 아이에게도 줄 수 있다.

우리는 파프리카를 이용해 달걀찜을 종종 해 먹었다. 씨와 속을 파내고 꼭지 부분은 뚜껑으로 사용해야 하니 버리지 말고 잘 챙겨놓았다. 달걀찜에 들어갈 채소는 냉장고에 있는 자투리 채소를 활용했다. 당근, 양파, 파를 잘게 다져서 달걀과 잘 섞은 후, 소량의 물을 넣고 소금과 후추로 간을 했다. 달걀의 비린 맛을 잡아주기 위해 미림을 한 숟가락 넣어준 다음, 속을 파낸 파프리카에 달걀물을 80% 정도만 넣어줬다. 모든 준비가 끝났으면 이제 익힐 차례다. 찜기에서 중불로 20분 익히면 완성이다.

다 같이 파프리카로 식사를 마치고, 나와 포카는 산책을 하러

나갔다. 포카와 나란히 걸으며 〈미래의 미라이〉 결말에 대해 생각했다. 스포일러를 할 수 없으니, 오빠 쿤이 미래에서 온 동생 미라이를 만나 우여곡절 끝에 '그렇게 오빠가 됐다'고만 밝히자. 포카도 그렇게 누나가 돼가고 있는 걸까. 지금은 그 지난한 과정일 뿐일까. 나는 멈춰서서 포카를 바라봤다. 아마 그건 아닐 거다. 포카는 누나가 될 필요 없다. 마꼬를 지킬 필요도 없다. 얘도 아인데….

만일 영화처럼 미래의 마꼬가 나타난다면 포카에게 이렇게 말해줄 거다. 엄마 아빠는 언제나 누나를 위해 살았고, 누나를 끔찍이도 사랑했고, 누나가 우리 곁을 먼저 떠나고 나서도 죽는 날까지 단 하루도 누나를 잊지 못했다고. 늘 고마워했다고.

현실에선 미래의 마꼬가 나타나는 일은 일어나지 않을 테니, 나는 포카에게 직접 말하기로 했다. 공원 벤치에 앉아 나는 포카에게 차분히 내 마음을 설명했다. 보호자로서 여전히 서툴러서 미안하다고 했다. 화를 내서 미안하고, 매번 참으라고 해서 미안하다고 사과했다.

"마꼬에게만 신경 쓰고 예전처럼 못 놀아줘서 미안해. 진심으로 미안해, 포카야."

나는 포카와 키를 맞춰 앉아 포카의 등을 쓸어주었다. 그런 나를 포카가 빤히 쳐다봤다. 말을 하지 않을 뿐, 서로 사용하는 언어가 다를 뿐, 포카는 표정으로 내게 말을 걸 때가 있다. 그 표정을 읽은 나는 울먹이는 얼굴로 포카를 가볍게 끌어안았다.

○ 파프리카달걀찜은 파프리카 밑바닥이 편평해야 돼요. 만일 기울어져 있으면 찜기 속에서 뒤집어져서 난리가 날 수 있어요. 부디 그런 불상사가 일어나지 않기를 바랄게요.

○ 파프리카는 비타민C 함유량이 많은 걸로 유명한데요. 비타민 덕분에 항산화 작용에도 좋고, 칼슘과 인이 많아서 산후에 도움이 돼요. 특이한 건 빨간, 주황, 노랑, 초록 색깔별로 효능이 다른데요. 빨강은 칼슘과 인이 많고, 비타민C도 높아요. 주황은 베타카로틴이, 노랑은 혈관질환을 예방하는 데 도움을 주고, 초록은 철분이 풍부해 빈혈 예방에 효과적이에요.[53]

마꼬의 생일

들깨미역국

나는 새벽부터 일어나 서둘러 아이의 이유식을 끓였다. 365일을 꼬박 보낸 마꼬는 드디어 돌이 되었다. 나무의 나이테처럼 한 바퀴를 돌았다. 1년 사이 튼튼해진 다리로 일어선 마꼬는 밥을 내놓으라며 내 바지춤을 잡고 흔들었다.

"맘마!"

"마꼬야. 아빠라고 해봐."

"맘마, 맘마!"

나는 익숙한 손길로 아이를 달래며 내 할 일을 재빨리 했다. 불린 미역을 잘게 자른 다음, 냄비에 참기름을 넣고 미역과 다진 소고기를 함께 볶았다. 물에 불린 밥을 물과 함께 넣고는 진 죽이 될 때까지 저어주었다. 아이에게 주는 첫 미역국이라 잘 먹을까 걱정했지만 마꼬는 걱정이 무색할 정도로 잘 먹었다. 마꼬는 거의 황홀해하며 숟가락을 받아먹었다.

그 사이 맛탕은 마꼬의 가방을 챙겼다. 빠뜨린 게 없는지 한 번 더 확인했다. 아내는 마꼬의 기저귀를 갈고 옷을 입히며, 지금부터 어떤 일이 펼쳐질지 설명해줬다. 마꼬가 오늘부로 한 살이 되었고, 이제 영아가 됐으니 어린이집에 가게 되었다며 축하해줬다. 마꼬는 영문도 모른 채 오렌지색 어린이집 가방을 등에 매고 집을 나섰다. 첫 등원을 축하해준다는 핑계로 포카도 같이 산책에 나섰다.

어린이집까진 걸어서 5분. 우리 넷은 어린이집 앞에서 포즈를 잔뜩 취해 기념사진을 찍었다. 그런데 이상한 조짐을 느꼈는지 마꼬가 잔뜩 긴장한 표정을 지었다. 여기저기서 첫 등원을 한 아이들의 울음소리가 들려왔던 것이다. 코로나만 아니었다면 부모가 수업 참관을 하여 아이가 잘 적응할 수 있도록 도왔을 텐데, 시기가 시기인만큼 우리는 어린이집 문 앞에서 헤어져야 했다.

금방 올 테니 재밌게 놀고 있으라고 말했지만 선생님 품에 안긴 마꼬는 울음을 터뜨렸다. 나와 아내는 애써 태연한 척하며 마꼬에게 손을 흔들었다. 물론 소용없었다. 마꼬는 세상이 무너질 듯 울면서 교실 안으로 들어갔다. 우리는 흔들던 손을 멈췄다. 문이 닫히자 젖몸살을 앓듯 가슴이 시큰하니 아팠다.

30분 후, 마꼬는 퉁퉁 부은 눈으로 다시 우리 품에 안겼다. 엄마를 발견하곤 대성통곡했다. 마꼬가 안쓰러우면서도 대견하고 사랑스러워서 볼에 뽀뽀를 하고 엉덩이를 토닥여줬다. 울음을 그칠 때까지 기다렸다가 물을 마시게 했다. 집으로 돌아와서는 간식을 주고 침대에 눕혔다. 긴장이 풀렸는지 마꼬는 금세 잠이 들었다.

기분이 묘했다. 불과 1년 전만 해도 상상할 수 없었던 감정이 몰려왔다. 아니, 상상할 필요가 없었던 그 감정들을 접할 때마다 나는 기존의 내 세계가 초라하게 허물어지고 다시 빵빵하게 팽창하는 느낌을 받았다.

30대 후반의 나이가 됐을 때, 웬일인지 나는 인생이 시큰둥했다. 뭘 더 배워야 할지도 모르겠고, 뭘 더 배울 수 있는지도 가늠이 안 됐다. 그런데 계획에 없던 마꼬가 태어나며 나는 인생을 처음부터 다시 배우게 되었다. 마꼬가 배우는 인생의 '첫' 순간들을 나 역시 다시 태어난 것처럼 배웠다.

사랑은 흔히 내리사랑이라고 하지만, 마꼬는 내 예상보다 나를 더 사랑했다. 어쩌면 내가 마꼬를 사랑하는 것보다 마꼬가 나를 더 사랑하는 것처럼 보일 때가 있다. 이 조건 없는 사랑은 대체 무엇 때문인지 짐작이 안 갈 정도로 마꼬는 나를 보며 이유 없이 웃었다. 사회에 나가면 나는 별 것 아닌 사람인데, 마꼬에게 나는 세상 전부나 다름없다. 그 평범한 진리를 곱씹을수록 별 것 아닌 아빠를 이토록 사랑해줘서 고마웠다.

마꼬가 잠든 사이, 나는 들깨미역국을 요리했다. 마꼬의 이유식으로 사용하고 남은 미역을 들기름에 볶았다. 미역이 흐물흐물해지는 동안엔 들깻물을 준비했다. 통들깨 10큰술에 물을 붓고 핸드믹서로 곱게 갈아주었다. 흐물흐물 볶아진 미역에 들깻물을 넣으면 거의 다 됐다고 보면 된다. 다진 마늘과 국간장 1큰술을 넣고 한소끔 끓이면 들깨미역국 완성이다.

비록 냉동밥에 반찬은 김치뿐이었지만 맛탕은 복에 겨워하며 미역국을 먹었다. 나는 마꼬에게 미역 진밥을 끓여준 것처럼 아내에게도 미역국을 끓여주고 싶었다. 어찌 잊을 수 있으랴. 아이의 생일은 아내가 그토록 고생했던 날이었음을. 그날 12시간 진통으로 탈진한 아내의 손을 잡고 나는 기도했다. 신을 믿지 않지만 신이 필요했던 그 순간, 나는 아내가 건강할 수만 있다면 앞으로 남은 생애 동안 아내에게 정말 잘하겠노라고, 부디 도와달라고 간절히 기도했다.

기도는 통했고, 나는 약속을 지켜야 했다. 하지만 그때의 다짐대로 아내에게 잘했는지는 모르겠다. 싸우기도 많이 싸우고, 삐치기도 많이 했다. 육아한다고 감정기복이 심해져 아내의 마음을 할퀸 적도 많았다. 단 하루도 완벽한 날은 없었다. 매일 실수하고 후회하면서 우리는 1년을 보냈다. 그런데 아무리 생각해봐도 앞으로도 그럴 것 같다. 완벽한 날은 없을 테다. 하루하루 최선을 다할 뿐이지. 어쩌면 그게 중요한 거니까.

맛탕이 잠에서 깬 마꼬를 안고 생일 케이크에 초를 꽂기 시작했다.

"나는 마꼬를 만난 게 다행인 것 같아."

"아이를 낳아보니까 그런 생각이 들어?"

"아니. 아이를 낳아서 그런 게 아니라 마꼬를 만난 게 기뻐. 마꼬여서 좋은 거야."

아내가 마꼬에게 소원을 빌어보라고 말했다. 노랗게 타오르는 촛불을 마꼬는 신기한 듯 바라봤다. 마꼬는 어떤 소원을 빌었을까. 마꼬의 까만 두 눈 가득 촛불이 반짝였다.

육아휴직이 어땠냐고
묻는 사람들에게

걸을 준비를 하는 듯했다. 마꼬는 넘어져도 금방 일어났다. 일부러 넘어지기도 했다. 일어서는 것보다 넘어지는 걸 먼저 익히는 모양이었다. 그 사이, 겨울이 가고 봄이 왔다. 나 역시 일어설 준비를 했다. 길었던, 마치 겨울잠 같았던 육아휴직을 드디어 마칠 때가 됐다.

전날 잠들 때까지만 해도 나름 괜찮았는데 출근길 버스를 타니 도대체 너무 떨렸다. 육아휴직이 끝나고 회사에 복귀하는 첫날, 금방이라도 버스에서 뛰어내려 집을 향해 전속력으로 달려가고 싶었지만 그래도 한 아이의 아빠가 됐으니 그럴 수도 없고, 대출금도 갚아야 한다. 분명 얼마 전에는 슬슬 일하고 싶어서 온몸이 죄다 근질거리기도 했는데, 사람 마음은 참 간사하여라.

눈을 질끈 감고 회사로 들어갔다. 가슴이 너무 뛰었는데, 엘리베이터 앞에서 예전 같은 팀이었던 후배를 만났다. 너무 반가워 긴장이 눈 녹듯 사라졌다. 오랜만에 보는 사람들과 인사를 나누고 안부를 물었다. 친애하는 한 동료는 육아하느라 고생했다며 나를 가볍게 안아줬다. 언제나 그랬듯 내겐 사람이 위로였다.

악의나 다른 의도가 없는 걸 알겠는데 불편한 안부들도 있었다. 어떤 동료는 육아휴직 동안 아내를 많이 도와줬냐고 물어보았다. 내가 주 양육자였다고 말해도 믿지 않을 것 같아서 웃으며 넘겼다. 어떤 이는 잘 쉬고 왔냐고 물었다. '쉰 적은 없었습니다.' 그렇게 말하고 싶었지만 피부가 많이 좋아졌다며 너스레를 떨었다.

나는 자리에 앉아서 생각했다. 나는 예전에 뭐라고 했었지. 육아휴직을 마치고 돌아온 동료에게 어떤 말을 건넸는지 기억이 나지 않았다. 그땐 육아에 대해 잘 몰랐으니까. 대체 어떤 생활을 견뎌야 하는지 전혀 몰랐다. 어쩌면 육아 '휴직'이란 단어 때문인지도 모르겠다. 휴직이라고 하니까 정말 푹 쉰 것 같다. 돌봄노동을 왜 '휴직'이라고 표현하는 걸까. '육아근로'라고 부르면 안 되나.

육아휴직이 끝났다고 나의 육아를 끝낼 순 없었다. 나는 회사에 육아기 1시간 단축근무를 신청했다(1시간 단축은 정부지원금이 나온다). 유연 근무제를 적용해 아침 7시에 출근하여 오후 3시에 퇴근했다. 집에 돌아오는 오후 4시부터 밤까지 내가 마꼬 육아를 담당했다. 맛탕은 오후 4시에 출근해 밤까지 일하고 돌아왔다. 회사가 배려해준 덕분에 마꼬는 부모로부터 충분히 보호받을 권리를 누릴 수 있었고, 우리 부부는 경력을 이어갈 수 있었다.

육아휴직이 어땠냐는 질문은 복직 후에도 한동안 나를 따라다녔다. 사람들은 육아휴직에 대한 감상을 한 줄 평으로 듣길 원했다. 아이를 가질 생각이 없는 동료에겐 육아가 힘들었다고 말했고, 육아에 별 관심 없는 동료에겐 아이가 예쁘다고 짧게 답했다. 하지만 아이를 가질지 말지 고민하는 동료가 물었을 땐 다르게 행동했다. 진심으로 궁금해하면 나도 진심을 담아서 답했다. 시간을 들여 내가 느꼈던 감정을 최대한 비슷하게 설명해보려 했다.

"마치 다른 사람의 인생을 빌려 산 것처럼 새로운 삶을 살았어요. 이게 내 인생이 맞나 싶을 정도로 행복했거든요. 그래서 끝나지 않았으면 좋겠다는 생각을 많이 했던 것 같아요."

동료는 그런 대답은 처음 들어본다며 놀랐다.

"다들 아이 키우기 힘들었다는 이야기만 하는데, 의외네요."

그 말을 듣고 보니, 나도 스스로 놀랐다. 진심을 담아 말하는 순간, 내가 경험했던 지난 1년이 어떤 의미였는지 내 안에서 비로소 정리되는 것 같았다.

마꼬의 생일 즈음, 나는 출판사와 출간 계약을 맺었다. 계속 써보라며 용기를 북돋아준 아내가 없었다면 이 책은 세상에 나오지 못했을 거다. 언젠가 내게 꽃다발을 선물했던 맛탕처럼 나도 아내에게 꽃다발을 선물했다. 아내에게 고맙다는 인사를 제대로 하고 싶었다.

화려한 고백은 없었지만, 노란색 꽃다발을 든 아내가 화사하게 웃었다. 그 얼굴을 보니 한 시절이 떠올랐다. 연애 시절이었다. 아내가 너무 사랑스러워 오래도록 바라봤다. 손을 잡고 우리는 말이 없었고, 말이 없어도 영원히 상관없을 것 같았다. 우리는 아침부터 새벽까지 서로를 사랑했고, 어느 순간엔 아내가 남자여도 외계인이어도 클립 같은 사물이어도 상관없겠다는 생각을 했다. 그 순간 나는 아내를 완벽히 이해했다. 그 순간의 느낌이 가슴에 명징하게 남았고, 때때로 그 순간을 오래된 서랍에서 꺼내볼 때면 나는 여전히 가슴이 뛰었다.

먼 훗날, 우리가 함께 지금을 돌아봤을 때도 그랬으면 좋겠다. 어느 드라마처럼 할 수만 있다면, 지금의 우리에게 연락하고 싶다. 힘들고 지칠 때가 많겠지만 앞으론 더 어려운 순간들을 만나겠지만, 그때마다 부디 서로를 조금만 더 이해하고 지금을 소중하게 생각해달라고 당부하고 싶다.

꽃냄새를 맡아보겠다며 마꼬는 일어서서 우리를 향해 걷기 시작했다. 아이의 걸음걸음마다 불안과 기적이 교대로 피어났다. 그 모습을 보고 있으니 조금씩, 아주 조금씩이지만 빌려 산 줄 알았던 누군가의 삶이 점점 내 것이 돼가는 기분이 들었다. 예전엔 상상조차 할 수 없었던 행복이 나를 향해 아장아장 걸어왔다.

에필로그

아
내
를
위
한

식
탁

[1] 김성수 외 감수, 『임신 출산 육아 백과』, 알에이치코리아, 2015

[2] 한국농수산식품유통공사, 〈우수 식재료 디렉토리〉, 네이버 지식백과

[3] 박명윤, 이건순, 박선주, 『파워푸드 슈퍼푸드』, 푸른행복, 2010

[4] 한국농수산식품유통공사, 〈우수 식재료 디렉토리〉, 네이버 지식백과

[5] 김수현, 『알러지 아토피 걱정 없는 자연주의 이유식 만들기』, 넥서스BOOKS, 2013

[6] 박명윤, 이건순, 박선주, 『파워푸드 슈퍼푸드』, 푸른행복, 2010

[7] 해양수산부, 〈어식백세〉, 다음 지식백과

[8] 정지천, 『정지천 교수의 약이 되는 음식 상식사전』, 중앙생활사, 2020

[9] 김영빈, 『두부예찬』, 윈타임즈, 2017년

[10] 이재성 박사의 식탁보감, 〈들깨를 먹는 가장 좋은 방법은? 들깨가루는 주의하세요〉, 유튜브, 2020

[11] 하비 다이아몬드, 『나는 질병없이 살기로 했다』, 사이몬북스, 2017

[12] 식품의약품안전처, 〈채소 및 과일 간편한 잔류농약 제거 요령〉, 유튜브, 2013

[13] 내츄럴플러스 〈산후우울증, 엄마만의 문제가 아니다?〉, 네이버 블로그, 2021

[14] 이의철, 『조금씩 천천히 자연식물식』, 니들북, 2021

[15] 베싸TV, 과학과 Fact로 육아하기 〈모유수유에 좋은 음식과 피해야 할 음식 | 엄마의 식단과 다이어트〉, 유튜브, 2019

[16] 한국농수산식품유통공사 〈우수 식재료 디렉토리〉, 네이버 지식백과

[17] 김수경, 『착한 밥상』, 넥서스BOOKS, 2014

[18] 황덕상, 정민형, 『아기 100일 엄마 100일』, 한빛라이프, 2016

[19] 한국농수산식품유통공사 〈우수 식재료 디렉토리〉, 네이버 지식백과

[20] 맘뚝티비, 〈산전, 산후 먹거리 편! 모유수유 중 먹으면 좋은 음식 vs 피하면 좋은 음식〉, 유튜브, 2019

[21] 베싸TV, 과학과 Fact로 육아하기 〈모유수유에 좋은 음식과 피해야 할 음식 | 엄마의 식단과 다이어트〉, 유튜브, 2019

[22] 팩트체크, 〈출산 10시간 만에 외출한 왕세손빈, 산후조리는?〉, Jtbc 뉴스, 2015

[23] SBS 스페셜 제작팀, 『SBS 스페셜 산후조리 100일의 기적』, 위즈덤하우스, 2012

[24] 목수정 『밥상의 말』, 203p, 책밥상, 2020

[25] 목수정 『밥상의 말』, 204p, 책밥상, 2020

[26] 장하나, 「장하나의 엄마 정치-엄마 뱃속에서 산후조리원 줄서는 나라」, 한겨레, 2017

[27] 해양수산부 〈어식 백세〉, 다음 지식백과

[28] 〈식재료 아카이브〉, KAMIS 농산물 유통정보 홈페이지

[29] 힐러리 제이콥슨, 『Mother Food 수유모를 위한 음식과 허브』, 수국, 2018

[30] 이의철, 『조금씩 천천히 자연식물식』, 니들북, 2021

[31] 김성준, 권나영, 김진경, 정인학, 『자연주의 산후조리』, 시공사, 2015

[32] 한국농수산식품유통공사 〈우수 식재료 디렉토리〉, 네이버 지식백과

[33] 존 맥두걸, 『어느 채식의사의 고백』, 사이몬북스, 2017

[34] 한국농수산식품유통공사, 〈우수 식재료 디렉토리〉, 네이버 지식백과

[35] 닐 버나드, 『건강 불균형 바로잡기』, 브론스테인, 2021

[36] 농촌진흥청 국립농업과학원 보고서, 〈제9개정판 국가표준 식품성분표Ⅱ〉, 2016

[37] 코펜하겐댁, 〈산후 도우미 남편〉, 브런치, 2020

[38] 식품의약품안전처 〈건강기능식품 기능성원료〉, 네이버 지식백과, 2011

[39] 정지천 『정지천 교수의 약이 되는 음식 상식사전』, 중앙생활사, 2020

[40] 손미선, 『콩』, 김영사, 2004

[41] 박계영, 「박계영의 몸에 좋은 제철음식 43 홍어』, 광주매일신문, 2019

[42] 김성준, 권나영, 김진경, 정인학, 『자연주의 산후조리』, 시공사, 2015

[43] 〈식재료 아카이브〉, KAMIS 농산물 유통정보 홈페이지

[44] 정지천, 『정지천 교수의 약이 되는 음식 상식사전』, 중앙생활사, 2020

[45] 김난주, 「두 번의 경제위기, 여성에게 더 큰 타격 줬다」, 일다, 2020

[46] 농림축산식품부, 한국농수산식품유통공사 〈식재총람〉, 다음 백과사전

[47] 정지천, 『정지천 교수의 약이 되는 음식 상식사전』, 중앙생활사, 2020

[48] 이의철, 『조금씩 천천히 자연식물식』, 니들북, 2021

[49] 닐 버나드, 『건강 불균형 바로잡기』, 브론스테인, 2021

[50] 조엘 펄먼, 『밥상의 미래』, 다온북스, 2015

[51] 이의철, 『조금씩 천천히 자연식물식』, 니들북, 2021

[52] 콜린 캠벨, 토마스 캠벨, 『무엇을 먹을 것인가』, 열린과학, 2020

[53] 한국농수산식품유통공사, 〈우수 식재료 디렉토리〉, 네이버 지식백과

내일은 더 맛있게 차려줄게

아내를 위한 식탁

1판 1쇄 인쇄 2021년 7월 26일
1판 1쇄 발행 2021년 8월 23일

지은이 토토
펴낸이 고병욱

책임편집 이미현 **기획편집** 이새봄
마케팅 이일권 김윤성 김재욱 이애주 오정민
디자인 공희 진미나 백은주 **외서기획** 이슬
제작 김기창 **관리** 주동은 조재언 **총무** 문준기 노재경 송민진

펴낸곳 청림출판(주)
등록 제1989-000026호

본사 06048 서울시 강남구 도산대로 38길 11 청림출판(주) (논현동 63)
제2사옥 10881 경기도 파주시 회동길 173 청림아트스페이스 (문발동 518-6)
전화 02-546-4341 **팩스** 02-546-8053
홈페이지 www.chungrim.com **이메일** life@chungrim.com
블로그 blog.naver.com/chungrimlife **페이스북** www.facebook.com/chungrimlife

ISBN 979-11-88700-86-8 (03810)